KB208230

이윽고 언어가 사라졌다

FINALLY THE LANGUAGE END

이윽고 언어가 사라졌다

최이아 소설집

허블

이윽고 공포가 찾아왔다

최이아 작가의 『이윽고 언어가 사라졌다』는 무서웠다. SF인
줄 알고 읽기 시작했는데 첫 작품부터 무섭기 시작해서 끝까지
정말 현실적으로 너무 무서웠다. 인간은 유한하고 연약한 존재
이기에 타인의 피를 마셔야만 하고, 의사소통을 갈망하는 사
회적 존재이기에 자신의 뇌를 통해 의사소통의 근간인 언어를
오염시킨다. 작품을 읽으면서 존재한다는 것 자체가 으슬으슬
무서워지는 순간들을 경험했다.

 "비뚤어진 욕망"이라는 말은 아주 흔하고 낡아빠진 관용구
다. 『이윽고 언어가 사라졌다』에서 작가는 권력이 과학기술을
도구로 삼아 이 비뚤어진 욕망을 차근차근 추구하기 시작하면

사회가 어떤 식으로 일그러지는지 정확하게 짚어 낸다. 첫 단편 「갈아드려요」에서는 아주 고전적인 불로장생과 아름다움에 대한 욕망이 상품이 된다. '행성인'과 '피'로 대표되는 상상의 장치들을 외국인 관광객과 무슨무슨 주사로 대체하면 성형외과가 밀집된 지역 어디서나 볼 수 있는 이야기일 법도 하다. 마지막 작품이자 제6회 한국과학문학상 중·단편부문 우수상을 수상한 「제니의 역」에서 작가는 인종 차별과 가부장제가 단단히 결합된 기득권의 욕망을 선명히 보여준다. 부조리, 차별, 혐오의 가장 일상적이고 조그만 실마리를 잡아내어 작가는 그 뒤에 숨어 있는 거대하고 끈끈한 거미집이 우리를 어떻게 휘감고 있는지 보여준다. 이런 글쓰기가 가능하려면 사회구조에 내재된 부조리와 인간 존재의 불완전함에 대한 구체적이고도 날카로운 인식이 있어야만 한다. 그 인식이 작품마다 스며 있기 때문에 작가의 상상력이 더욱 무시무시하게 빛나는 것이다.

정보라(소설가)

차례

갈아드려요

수진은 수액 거치대에 걸려 있는 혈액 팩을 바라봤다. 적색 피가 담긴 팩은 빠르게 얇아졌다. 수진은 이를 지켜보며 아랫입술을 잘근잘근 씹었다.

그녀가 눈을 부릅뜨고 바라보는 팩 하단에는 500밀리리터라는 글자가 적혀 있었다. 수진은 이 정도의 인공 혈액을 맞기 위해 2년 치 연봉을 털었다. 팩이 쪼그라들수록 수진의 아랫입술은 검붉게 변했다. 그녀는 팩에 담긴 마지막 한 방울이 투명한 관을 타고 체내로 들어올 때 한숨을 내쉬며 눈을 감았다.

체중을 고려하면 수진의 몸에 돌고 있는 혈액량은 4.8리터 정도다. 골수나 심방, 심실에 든 유동하지 않는 혈액까지 포함

하면 그녀는 넉넉잡아 5리터 정도의 인공 혈액을 맞아야 피 전체를 새것으로 바꿀 수 있다.

5리터를 돈으로 환산하면, 그것도 중간 정도 품질이 아니라 최상급 인공 혈액을 원화로 따져보면….

수진은 눈을 질끈 감고 고개를 세차게 내저으며 침대에서 일어났다.

피부과 로비는 LM-1 행성에서 온 손님들로 북적였다. 로비의 모든 벽을 뒤덮은 입체 디스플레이에는 맑고 투명한 돌기를 매만지는 행성인이 나오고 있었다. 행성인 모델은 화면에서 튀어나올 것처럼 손을 뻗었다. 로비에 모인 손님들은 주춤주춤 뒤로 물러섰다. 모델은 이내 손을 거두고 귀 위에 솟은 반짝이는 돌기를 부드럽게 매만졌다. 이 화면은 반복 재생되었다. 행성인들은 넋 놓고 이를 바라봤다.

수진은 디스플레이에 시선을 고정한 손님들의 어깨를 헤집으며 피부과 가장 안쪽 상담실로 향했다. 구석진 상담실은 한산했다. 자리에 앉은 수진은 유리문에 달린 팻말을 OPEN으로 뒤집기 전에 거울을 가만 들여다봤다. 그녀는 눈을 찡그리며 푹 파인 팔자 주름을 어루만졌다.

누군가 유리문을 두들겼다. 수진은 문을 빼꼼 열었다.

"바쁘시죠?"

리엔은 밝게 웃으며 들어왔다. 수진은 엷은 미소를 지으며 어깨를 으쓱했다.

"괜찮으시면 제가 모셔 온 손님 좀 받아주시겠어요?"

리엔은 귀 위에 볼록 솟은 투명한 돌기를 긁적였다.

리엔은 LM-1 행성인을 지구 피부과로 데려오는 브로커다. LM-1에서 돌기 투명 시술이 유행하면서 신사동 피부과는 행성인 손님으로 채워졌다. 행성인의 외모는 염소의 뿔처럼 생긴 작은 돌기가 귀 위에 튀어나온 것 외에는 지구인과 비슷하다.

"다른 데는 이미 꽉 차서요."

수진은 고개를 앞으로 슬쩍 빼 다른 상담실을 둘러봤다. 수진의 방을 제외하고는 근무 시간 시작 전임에도 불구하고 상담이 진행되고 있었다. 다른 방 상담사들의 미소는 수진이 보기에도 참 맑았다. 이들의 코언저리는 팽팽했다. 피부는 천연 수정처럼 광이 났다. 행성인들은 그들 앞으로 모여들었다.

"몇 명 정도…."

수진은 시선을 밖에 둔 채 얼버무렸다.

"이번에 워프 비용이 꽤 나와서요. 가격은 이전보다 싸게 해주셔야 할 거 같아요."

리엔은 빙글빙글 웃으며 말했다. 그러면서 수진이 보던 손거울을 쳐다봤다. 수진은 손거울을 뒤집었다. 옆방을 힐끔거린 뒤 숨을 푸 내쉬며 고개를 끄덕였다.

수진은 행성인에게 화이트닝과 투명화 시술을 각각 5회씩 할 때의 가격을 안내했다. 고강도 집속초음파를 함께 맞으면 돌기가 매끈하게 보일 뿐 아니라 시술 효과가 더 오래간다고도 덧붙였다. 치료를 마친 뒤 사용하는 유분 크림과 광택 팩은 함께 사야 가격이 내려간다는 안내도 잊지 않았다.

위로 삐죽 솟은 회색 돌기를 가진 행성인은 리엔이 통역을 하는 와중에도 수진을 빤히 바라봤다. LM-1 행성에서는 말하는 자의 얼굴을 고루고루 살피는 게 대화 예절이다. 행성인 대부분은 지구에서도 이 예절을 잊지 않았다. 수진은 행성인 손님의 시선을 애써 무시하며 입 주변을 손으로 가렸다. 대신 코끼리 코처럼 생긴 시술 기기가 나오는 자료 화면을 보며 계속 설명했다.

"준비는 다 하셨어요?"

마지막 손님이 나간 뒤 리엔이 수진에게 물었다.

"네?"

"내일 단체 손님 받기로 했잖아요."

"아아, 네."

"이번에 잘 당기면 앞으로 쉽게 풀릴 수 있을지도 몰라요. 저

번처럼 하지는 말자고요. 알겠죠?"

수진은 웃을 때 선명해지는 주름이 신경 쓰였지만 그래도 미소 지었다. 리엔은 그런 그녀의 얼굴을 구석구석 살피며 돌기를 매만졌다.

리엔이 나간 뒤 수진은 손등 위에서 펜을 빙글빙글 돌렸다. 손거울을 보다가 모니터를 쳐다봤다. 실적표를 열었다 닫았다. 손목시계와 벽시계, 모니터 하단에 나온 시계를 힐끔거렸다. 그러고도 문을 두들기는 소리는 들리지 않았다.

행성인이든 지구인이든 수진의 방 앞에서 상담을 기다리는 생명체는 없었다. 퇴근 시간이 되려면 아직 멀었지만, 수진은 상담실을 스르르 빠져나왔다. 다른 상담실은 여전히 행성인으로 북적였다. 수진은 온갖 생명체의 시선을 등으로 느끼며 피부과 로비를 벗어났다.

그녀는 인공 혈액 500밀리리터를 맞고 나면 상담 실적이 크게 뛸 거라고 낙관하지는 않았다. 그럼에도 다른 상담사와의 실적 격차 정도는 좁힐 수 있지 않을까 기대했다. 그걸 위한 인공 혈액 500밀리리터였건만, 오늘 상담 실적은 오전만 놓고 보면 평소보다도 나빴다.

돌기에 광을 내기 위해 지구에 오는 행성인은 인상이 말간 상담사를 선호했다. 그들은 막대한 비용을 내고 지구로 왔다.

그러니 신뢰가 가는 얼굴을 가진 상담사와 대화하고 싶을 것이다. 수진은 이 점을 십분 이해했다. 다만 이해한다고 해서 우울해지는 걸 막을 수는 없었다.

'효과가 나오려면 하루 이틀 시간이 필요한 게 아닐까.'

고개를 푹 숙인 수진은 걷다 말고 우뚝 선 채 중얼거렸다.

"부족했어. 피가."

그녀는 인공 혈액을 제조하고 판매하는 체인 브랜드 코퍼슬에 전화를 걸었다. 한참 만에 연결된 코퍼슬 센터는 연락처를 남기면 안내가 갈 거라는 말뿐이었다. 수진은 인공 혈액을 당장 구하는 건 불가능하다는 걸 알고 있음에도 불구하고 혹시 모른다는 마음을 지울 수 없었다. 그녀는 전화를 끊자마자 서울에서 가장 큰 코퍼슬 오프라인 매장으로 향했다.

코퍼슬 매장 앞에는 한 여자가 발목까지 내려오는 커다란 피켓을 목에 걸고 서 있었다. 골판지 피켓의 모서리는 닳고 해어졌지만, 여기에 적힌 붉은색 글귀는 큼지막했다.

'인공 혈액 제조 과정 공개하라. 진실을 밝혀라. 내 딸 찾아내라.'

테가 두꺼운 안경을 쓴 여자는 입을 굳게 다문 채 얇은 눈으로 매장 정문을 노려봤다. 수진은 곁눈질로 여자를 흘끔거리며 매장 안으로 들어갔다.

　수진은 인공 혈액을 수혈받고 죽은 사람이 있다는 소문을 생각해 냈다. 소셜 미디어에 떠도는 사진에 찍힌 피해자는 인공 혈액을 맞은 직후 가슴을 움켜쥔 채 입에 거품을 물었다. 눈은 흰자위만 보였고 혀는 턱 밑으로 늘어졌다.

　수진은 AR 비주얼 서치를 통해 피해자의 사망 원인을 언급한 글을 찾아봤다. 수많은 문장이 수진의 사방을 좌르륵 뒤덮었다.

　역분화줄기세포로 분화시킨 인공 적혈구와 진짜 혈액 속 적혈구 간의 구조가 일치하지 않아 그 부작용으로 죽었을 거라는 추측성 글이 수진의 눈을 스쳤다. 이 글 뒤로 적혈구의 산소 운반체 기능 활성화를 통해 노화를 되돌린다는 건 망상이라는 다른 말이 따라붙었다. 신의 영역을 탐낸 인간의 말로일 뿐이라는 문장 뒤에는 웃음 이모티콘이 붙어 있었다.

　코퍼슬이 노인의 체세포를 싼 가격에 구매해 인공 혈액으로 분화시킨다는 글은 볼록했다. 노화한 체세포로 만든 피를 맞았으니 죽는 건 당연한 결과라는 글귀는 혀를 차는 된소리를 뿌리며 수진을 지나쳤다.

　과욕을 부려 체내 혈액량의 두 배가 넘는 인공 혈액을 투여받았기 때문이라는 굵은 글씨는 수진의 머리 위에서 깜박였다.

죽은 사람의 피에서 기준치 이상의 칼슘이 검출되었다는 글도 있었다. 글 옆에는 이해할 수 없는 화학식과 함께 부메랑처럼 생긴 날카로운 날이 떠다녔다.

피해자가 가족을 통해 코퍼슬로부터 돈을 타려고 죽은 척한 거라는 글도 눈에 띄었다. 제주 별장에서 멀쩡히 지내고 있는 걸 봤다는 피해자 생존 목격담에는 반바지를 입은 사람의 흐릿한 뒷모습이 첨부되었다. 이자는 코로 잔에 든 샴페인 향을 음미했다.

AR 고글을 벗은 수진은 천장을 보며 입을 삐쭉 내밀었다. 정보는 많지만, 이 중에 과연 진실이 있는지는 알 수 없었다. 그렇기에 모든 글을 쓰레기로 치부해도 찜찜하지 않았다. 수진은 손거울에 비친 자기 얼굴을 바라보며 예약을 클릭했다.

코퍼슬 매장 로비는 고객들로 붐볐다.

매장의 천장과 벽이 만나는 이음매를 따라 광고 문구가 흘렀다. 줄을 선 손님들은 목을 길게 뺀 채 흐르는 글자를 멍하니 바라봤다.

'되찾는 젊음.' '망설이지 마세요.' '언제나 20대.'

줄은 매장 밖으로 이어졌다. 끝이 보이지 않는 줄에 선 사람들은 인공 혈액을 처음 수혈받는 자들이었다. 이들은 오랜 기다림 속에서도 상기된 얼굴을 감추지 못했다. 주름진 볼들은 발그스름했다.

한 번 수혈받은 경험이 있는 수진은 줄이 아닌 적색 문 안쪽으로 안내받았다.

차례를 기다리는 수진은 두리번거리면서 다리를 떨었다. 그럴수록 종이 번호표는 손안에서 꾸깃꾸깃해졌다. 다른 사람들은 찡그린 눈으로 수진의 발을 쳐다봤다.

딩동, 알람이 울리자마자 수진은 땅을 박차고 섰다. 창구 직원이 자리에서 일어나 인사했다. 수진은 인사를 생략하고 앉았다.

"피가 필요합니다."

"어느 정도 필요하신가요?"

"…5리터요."

창구 직원은 눈을 치켜떴다.

"연령대는요?"

"어릴수록 좋습니다."

"계약금 이체는 바로 가능하신가요?"

"대출을 보태고 싶은데요."

직원은 화면을 터치했다. 수진은 직원의 눈동자에 어린 화면 잔상을 가만 바라봤다.

"지금으로서는 어려우세요. 정년이 지나셨네요. 현재 혈액 상태 기준 기대 노동은 얼마 남지 않았고요."

"다른 방도가 없을까요."

직원은 고개를 갸웃하며 코로 숨을 뿜었다. 그녀가 볼 수 있는 화면에 서류가 떴다. 체세포 전부 제공 동의 서약서였다.

… 코퍼슬이 정한 기일까지 대출을 상환하지 못할 시 체세포 전부를 코퍼슬에 제공하는 것에 동의한다. 기일은 상호 협의 없이 코퍼슬이 변경할 수 있으며…

글씨는 깨알 같았다. 수진은 미간을 잔뜩 찌푸렸으나 글씨를 마저 읽기 힘들었다. 그녀는 고개를 절레절레 흔들고는 오른손 검지로 화면에 자신의 이름을 써넣었다. 직원은 무언가를 마저 기재하더니 단호하게 설명했다.

"그래도 5리터는 어렵다고 나오네요."

"적은 양이라도 오늘 안 될까요?"

직원은 눈을 동그랗게 떴다.

"적어도 1년은 기다리셔야 합니다."

수진은 두 주먹을 불끈 쥐었다. 애원할까, 싶었지만 그만뒀다. 전에도 대기 시간을 단축하기 위해 사정사정한 적이 있었는데, 소용없었다. 수진은 자신이 들어왔던 커다란 적색 문을 멍하니 응시했다.

"어떻게 하시겠어요?"

"…."

수진은 부르튼 아랫입술을 꾹 깨물었다.

고개를 숙인 채 터벅터벅 걷던 수진의 눈앞에 "찾아내라"라는 붉은 글자가 나타났다. 수진은 고개를 퍼뜩 들었다. 피켓을 목에 건 여자는 번득이는 눈으로 수진을 마주 봤다. 때가 낀 두꺼운 안경을 쓴 여자는 수진이 매장으로 들어갈 때와 마찬가지로 같은 자리에서 꼼짝하지 않았다. 수진은 여자와 눈이 마주치자 괜히 더 심란해져 잰걸음을 놓았다.

'이대로는 위험해.'

수진은 잘 알고 있었다. 인공 혈액 수혈 예약이 가능하다는 연락은 적어도 반년 뒤쯤에 올 것이다. 그렇다 해도 받을 피의 양이 얼마나 될지는 알 수 없다. 5리터에는 미치지 못할 것만은 확실하다. 지금까지의 실적을 유지하면 피부과에서 조만간 해고된다. 새 피를 받기도 전에 파산한다. 그럼, 체세포 전부를 코퍼슬에 제공하게 된다. 조각조각 나뉜 체세포는 실험이나 새 피의 재료로 쓰인다. 이를 상상한 수진의 얼굴은 벌겋게 달아올랐다.

인공 혈액을 받고 주름이 사라진 노인을 보여주는 비포 애프터 광고 영상이 수진의 머릿속을 헤집었다. 수진은 머리를 세차게 뒤흔들었다. 피부과 원장에게 전화를 걸었다. 코퍼슬과 경쟁하는 사업자라면 남다른 인맥이 있지 않을까, 하는 기대를 걸고 하는 전화였다.

"원장님. 피 좀 구할 수 있을까요?"

"네에?"

원장은 이 한마디를 남기고 전화를 툭 끊었다. 수진은 두 손으로 눈을 감쌌다.

그녀는 지푸라기라도 잡는 심정으로 리엔을 떠올렸다. 브로커로서 지구와 LM-1 행성을 오랫동안 왕래한 리엔이라면, 수완 좋은 리엔이라면 피를 구할 방법을 알 것 같았다.

수진의 질문을 받은 리엔은 뜸을 들였다. 수진은 제자리에서 발을 구르다 말고 쪼그려 앉았다.

"도와주면, 수수료 더 낮출게요."

"얼마나요?"

"원하는 만큼요."

수진의 목소리는 기어들어 갔다.

목을 가다듬은 리엔은 좌표가 찍힌 지도를 수진에게 전송했다. 이를 본 수진은 자신을 휙휙 스쳐 지나가는 사람들 속에서 벌떡 일어섰다.

인천신항 항만에는 LM-1뿐 아니라 다양한 행성에서 온 생명체들이 길거리에 나란히 앉아 있었다. 이들은 신발 밑창으로 바닥을 긁어댔다. 노점에서는 다양한 종족이 삼삼오오 모여 요기했다. 얼굴이 두 개인 외계인의 한쪽 입은 국수를 빨아들였고 다른 쪽은 담배를 태웠다. 노점 옆 드럼통에 피워진 불은 바닷바람에 흔들렸다. 드럼통 밑에는 가격은 싸고 도수는 높은 술병들이 뒹굴었다. 팔이 네 개 달린 외계인은 하수구 뚜껑을 열고 머리를 박은 채 구역질을 했다.

흔들리는 불길 사이로 표정을 찡그린 수진이 있었다. 수진은 옷깃을 바짝 세운 채 주변을 찬찬히 살피며 거닐었다.

파도를 막는 구조물인 테트라포드 옆에는 회색 돌기가 뒤로 뻗은 행성인이 양손을 검은색 점퍼에 넣은 채 주변을 돌아다녔다. 배회하는 행성인은 바다가 아닌 내륙 쪽에 시선을 뒀다. 수진은 상담 경력을 통해 쌓인 눈치에 자신이 있었다. 돌기가 회색이란 건 화이트닝 시술을 적어도 한 번 이상 받은 것을 의미했다. 그건 그가 적지 않은 돈을 만지고 있다는 거고 그런 사람이 항만에 있다는 건….

"혈액 구해요."

수진은 행성인에게 다가가 손으로 입을 가린 채 말했다.

행성인은 수진의 얼굴을 쓱 살피더니 주머니에서 꺼낸 두 손으로 가격을 제시했다. 수진은 고개를 저었다. 행성인은 뒤로 돌았다. 수진은 그의 어깨를 잡았다. 이어 손날을 휘휘 가로저었다. 절반 깎아달라는 뜻이었다.

행성인은 수진의 얼굴을 고루고루 살피더니 불편한 심기를 나타내듯 자신의 돌기를 더듬었다. 수진은 등 돌린 행성인의 어깨를 재차 붙잡았다. 고개 돌린 행성인의 돌기가 벌게졌다. 움츠린 수진은 두 손을 맞잡고 빌었다. 행성인은 혀를 차며 턱으로 인도 옆에 주차된 검은색 트럭을 가리켰다. 외부로 반출되지 않고 공장에서 폐기되는 피를 구할 수 있다는 뜻이었다. 수진은 행성인의 암호 화폐 계좌에 트럭 타는 값을 바로 전송했다.

검은색 트럭의 바퀴는 수진의 키보다 컸다. 짐칸은 코끼리 두 마리가 들어가고도 남을 정도로 거대했다. 사람들은 사다리를 타고 짐칸에 올라섰다. 수진은 자신의 앞뒤 사람들의 도움을 받아 간신히 짐칸에 올라탔다. 이 안은 피를 구하는 밀매자들로 가득했다.

짐칸의 문이 닫혔다. 내부는 빛 한 점 없이 어두컴컴했다. 마음이 차분해진 수진은 눈을 감았다.

트럭은 얼마 가지 않아 멈췄다. 문이 열리자 넓적한 칼라가 달린 검은색 작업복을 입은 남자가 서 있었다. 이 남자는 트럭에서 내리는 이들에게 같은 색 상의를 건네면서 돈을 요구했다. 수진은 제시된 금액을 순순히 전송했다. 남자는 잠시 기다리라는 제스처를 취하고 어디론가 사라졌다.

수진이 타고 온 트럭은 적하장 맨 오른쪽 끝에 짐칸을 댔다. 이것과 멀리 떨어진 트럭들 옆면에는 노란색 코퍼슬 로고가 매끈하게 적혀 있었다. 투명한 냉장 보관 용기에 든 혈액 팩들이 트럭 안으로 차곡차곡 들어갔다. 수진은 윤이 나는 트럭으로 들어가는 반짝이는 혈액 팩들을 멀거니 바라봤다. 입안에는 침이 고였다.

검은색 작업복을 입은 남자가 하얀 짐수레형 모빌리티에 30밀리리터 크기의 혈액 팩을 가득 싣고 나타났다. 냉장 보관되지 않은 것들이었다.

남자를 기다리던 이들은 누가 먼저라 할 것 없이 값을 흥정했다. 사람들은 수신호 몇 번으로 흥정이 끝난 혈액 팩을 손가방에 쏟아 담았다. 수진도 어서 혈액 팩을 살펴보고 싶었지만 이미 수레를 겹겹이 둘러싼 이들은 비키지 않았다. 그녀는 어깨를 비집고 손을 뻗어 간신히 팩 하나를 집었다. 팩의 추정 나이는 44세였다. 수진은 팩을 모빌리티에 도로 던졌다. 그녀는 어깨 틈바구니로 팔을 버둥댔으나 다른 팩을 잡을 수 없었다. 아무리 애를 써도 뚫을 수가 없었다.

어느 순간 어깨들이 좌우로 열렸다. 균형을 잃은 수진이 짐수레 위로 엎어졌다. 짐수레는 텅 비어 있었다. 수진은 피가 터진 코를 두 손으로 감싼 채 두리번거렸다. 혈액 팩을 품에 안은 사람들이 일사불란하게 트럭으로 돌아가고 있었다. 수진은 검은색 소맷부리로 코피를 훔치며 높다란 트럭 짐칸을 올려다봤다.

'이대로 돌아갈 수는….'

수진은 길 잃은 표정으로 검은색 작업복을 입은 남자를 쳐다봤다.

남자는 한숨을 푹 쉬고는 수진에게 다시 돈을 요구했다. 수진은 휴대 전화를 꺼내 남자에게 돈을 보냈다. 암호 화폐 계좌 잔고는 마이너스를 찍은 지 오래였다. 입금을 확인한 남자는 수진을 공장 안으로 데리고 들어갔다.

출하장의 천장은 드높았다. 얼기설기 엮인 철제 골조가 회색 천장을 떠받쳤다. 한기를 느낀 수진은 두 손으로 어깨를 감쌌다. 드높은 천장 아래 혈액 팩을 실은 모빌리티 수백 대가 열을 지어 대기했다. 포장지에 ARMY라고 적힌 혈액 팩 주변에 서 있는 경비의 눈빛은 매서웠다. 검은색 작업복을 입은 직원들은 모빌리티 사이사이를 바쁘게 걸어 다녔다. 마스크를 쓰고 있었기에 표정은 보이지 않았다. 안쪽으로 들어갈수록 옅은 피비린내가 났다. 수진은 코를 킁킁거리며 엷은 미소를 지었다.

생산 라인으로 들어가는 빨간색 문이 보였다. 문에는 숫자가 큼지막하게 적혀 있다. 1번은 적혈구, 2번은 혈소판, 3번은 백혈구다. 수진은 문과 복도에 난 창으로 생산 라인을 뚫어지게 쳐다봤다. 남자는 그런 수진을 비웃듯 피식거렸지만, 그녀는 개의치 않았다.

성인 두 명은 너끈히 들어갈 만한 크기의 투명한 원통형 유리통에는 노란 액체가 가득 담겨 있었다. 적혈구를 만드는 대용량 생물 배양기다. 노란 액체에서는 공기 방울이 뽀글뽀글 올라왔다. 그 옆에는 로봇팔이 수도꼭지 모양의 배분기에 기다란 유리관 튜브를 꽂았다. 배양액이 담긴 튜브는 컨베이어 벨트로 옮겨졌다.

컨베이어 벨트에 달린 집게는 튜브를 톱니바퀴의 이마다 끼웠다. 톱니바퀴는 째깍째깍 돌아갔다. 이가 맞물리면서 튜브는 이 바퀴에서 저 바퀴로, 저 바퀴에서 제일 큰 톱니바퀴로 옮겨갔다. 성숙한 적혈구에서 구조 불일치를 일으킬 수 있는 핵을 분리하고 정제하는 과정이다.

드디어 튜브에 담긴 액체가 붉은색을 띠었다. 증기가 뿜어져 나오는 방을 거친 튜브는 길쭉한 철관 양쪽 어댑터에 줄줄이 끼워졌다. 마치 지네 같은 모양새라고 수진은 생각했다. 이 붉은 액체는 용도별로 팩에 담겼다. 꽉 찬 팩은 냉장 보관 용기에 들어갔다.

싱싱한 피가 가득한 공간. 수진은 홀린 듯 생산 라인 쪽으로 걸음을 옮겼다. 생산 라인으로 들어가려면 소독실을 거쳐야 했다. 소독액을 맞으면 눈이 아프지 않을까, 따위의 상상을 하던 수진의 옷깃을 누군가 덥석 잡아챘다. 잔뜩 찌푸린 얼굴을 한 검은색 작업복 남자였다. 남자는 수진을 생산 라인 반대쪽으로 끌고 갔다. 뒷목을 잡힌 수진의 발이 바닥에 질질 끌렸다.

수진은 팔을 휘둘러 목덜미를 잡은 남자의 손을 쳐 냈다. 남자는 손을 탁탁 털었다. 수진은 성큼성큼 걸어가는 그의 뒤를 똑바로 따라갔다.

그들이 향한 곳에는 검은색 방수천이 드리워졌다. 방수천에 다가갈수록 피비린내가 진해졌다. 수진은 손가락으로 코를 막았다. 미끈해 보이는 방수천에는 핏방울이 덕지덕지 묻은 채 굳어 있었다. 남자는 방수천을 걷고 고갯짓했다. 수진은 잠시 머뭇거렸지만 발은 제멋대로 나아갔다.

"으악!"

고개를 숙이고 들어서자마자 수진은 미끄러졌다. 수진의 두 발이 공중에 붕 떴다. 균형을 잃은 수진의 겨드랑이에 남자의 손이 쑥 들어왔다. 수진은 남자의 어깨를 다급하게 붙잡았다. 그녀는 발과 팔을 여러 차례 허우적거리고 나서야 제대로 설 수 있었다. 그제야 수진은 진득한 액체층이 바닥에 얇게 덮인 것을 알아챘다. 수진은 발가락에 단단히 힘을 준 채 걸었다.

그곳은 피가 덕지덕지 묻은 모빌리티가 무질서하게 세워진 공간이었다. 불빛이 꺼진 모빌리티는 더는 움직일 수 없을 것처럼 보였다. 모빌리티 바퀴 위의 굳은 피 위로 새 피가 뚝뚝 떨어졌다. 핏방울은 점차 커졌다. 수진은 작업복 옷깃으로 코를 가렸다.

남자는 피로 칠갑된 모빌리티 앞으로 수진을 데려갔다. 그 안에는 터지거나 찢어진 혈액 팩이 들어 있었다. 정확히는 핏물 위에 팩이 둥둥 떠다녔다. 남자는 장갑 낀 손을 그 안으로 쑥 넣어 헤집더니 피가 남아 있는 팩 몇 개를 수진의 눈앞에 들이밀었다.

수진은 뒤로 물러서며 눈살을 찡그렸다. 남자는 손가락으로 팩을 가리켰다. 그리고 다시 보라는 듯 팩을 툭툭 쳤다. 손가락이 가리킨 팩의 하단에는 '22세'라고 적혀 있었다. 수진은 이 숫자를 보고 나서야 다가섰다. 수진이 팩을 낚아채려는 순간, 남자는 팩을 가슴 쪽으로 거뒀다. 팩에서 피가 줄줄 샜다. 수진은 발을 동동거리며 다시 손을 뻗었다. 남자는 어깨 위로 팩을 올렸다. 다시 흥정이 시작되었다.

남자가 요구하는 금액은 정상 인공 혈액가의 절반이었다. 수진은 확신할 수 없는 품질에 비해 가격이 너무 비싸다고 생각했다. 하지만 아무리 설득해도 남자는 가격을 낮추지 않았다. 수진은 검지와 엄지로 턱을 잡았다.

"5리터를 맞출 수는 있을까요?"

그 말을 듣자마자 남자는 두 손으로 핏물 안을 뒤졌다. 남자는 모빌리티를 옮겨 다니며 찢어지거나 흠집 난 혈액 팩을 모았다. 수진은 피 냄새가 진동하는 공간에서 한동안 기다렸지만, 추정 나이가 20대인 인공 혈액 5리터를 모으는 건 아무래도 어려워 보였다. 남자는 혈액 팩 한아름을 수진에게 들이밀며 이거라도 사겠냐고 물었다. 수진은 휴대 전화를 잠시 살피고는 고개를 저었다.

"더 싼 건 없을까요?"

남자는 또 한숨을 내쉬었다. 추가 수수료의 시간이었다. 수진은 바로 입금했다. 수수료를 낼 때마다 다른 사람들은 접근할 수 없는 세계의 문을 여는 기분이었다. 남들보다 젊어질 수 있는 세계. 그녀는 더 깊숙이 들어가는 걸 주저하지 않았다.

남자가 공간 안쪽에 쳐진 또 하나의 방수천을 걷었다. 바닥과 벽 곳곳에는 핏덩이가 붙어 있었다. 수진의 숨결은 허연 입김으로 변했다. 이제는 여기가 공장인지 창고인지 아니면 거대한 혈액 용기인지 구분하기 어려웠다. 그녀는 두 팔로 몸을 꽉 감쌌다.

남자는 커다란 캐비닛을 열더니 투명한 플라스틱 통을 꺼내 건넸다. 통은 검붉은 액체가 가득 들어 있기는 했지만, 겉에는 어떠한 표기도 없었다. 팩으로 분류되기 전 과정에서 폐기된 인공 혈액인 것 같았다.

"이거 괜찮은 건가요?"

수진이 물었으나 남자는 고개만 갸우뚱거릴 뿐이었다. 수진은 남자의 몸짓에서 '모든 건 당신의 선택'이라는 의미를 읽었다.

어금니를 악문 수진은 가격을 흥정했다. 하지만 마이너스 한도까지 끌어와도 여전히 5리터를 살 수는 없었다. 수진은 갈급하게 말했다.

"더, 더 싼 건 없을까요?"

그러자 남자는 이전까지보다 훨씬 높은 수수료를 불렀다. 수진은 이질적인 수상함을 느꼈다. 하지만 여기서 돌아가기에는 너무 멀리 왔다는 걸 알고 있었다.

남자는 수수료가 입금되자 수진을 마주 보고 있는 두꺼운 철문을 열었다. 어두운 안쪽 저 멀리서 노란빛이 희미하게 반짝였다. 노란색 점을 본 수진은 가슴이 쿵쾅거렸다.

남자의 걸음은 유난히 빨랐다. 수진은 미끄러지지 않기 위해 양팔을 벌리고 뛰듯이 그를 따랐다. 쿵. 발밑에만 집중하던 수진은 남자가 선 줄도 모르고 나아가다 머리를 그의 등에 박았다. 수진은 비틀거렸으나 이내 균형을 잡았다. 고개를 내밀어 도달한 곳을 확인했다.

예닐곱 정도 되는 사람들이 그곳에 모여 있었다. 그들은 고개는 들고 두 손은 모은 채 생물 배양기를 바라봤다. 기묘한 성스러움이 감도는 배양기에서 흘러나온 옅은 노란빛은 사람들의 눈, 코, 입을 은은히 감쌌다. 이들 중 몇 명의 안광은 노란빛을 모두 흡수한 듯 번뜩였다.

배양기 속에는 옷을 걸치지 않은 젊은 여자가 누워 있었다. 여자는 눈을 반쯤 뜨고 축 늘어진 채였다. 옅게 열린 눈꺼풀 아래 흐리멍덩한 눈동자를 긴 속눈썹이 가렸다. 죽은 건지, 살아 있는 건지 알 수 없었다.

수진은 젊은 여자의 매끄러운 나체를 응시했다. 입꼬리는 점점 올라갔다. 그때 배양기 속 여자가 검지를 까닥였다. 검지가 투명한 원통을 더듬으려는 순간 노란 액체가 차올랐다. 둥실 떠오른 젊은 여자는 배양기 안을 천천히 유영했다. 이어 배양기 바닥에서 부메랑처럼 생긴 날이 솟았다. 천천히 돌기 시작한 이것은 서서히 속력을 높이더니 나중에는 아주 빠르게 돌았다. 수진은 토마토 주스를 파는 단골 음료 가게를 떠올렸다. 사람이라고 할 수 있는 흔적은 금세 사라졌다. 모터는 액체가 적색을 띠고 난 뒤 멈췄다. 배양기에 든 혈액은 100리터가 넘었다.

"더 싼 건 없습니다."

남자는 아주 낮은 목소리로 말했다.

수진은 숨죽인 채 주변을 살폈다. 모인 사람들은 얼어 있거나 눈을 반짝였다. 수진은 손목시계로 시선을 돌렸다. 출근까지 시간이 얼마 남지 않았다.

그녀는 젊음을 되찾으면 못 할 게 없을 것 같았다. LM-1 행성인과 사업을 시작한 1세대의 경험을 살려 또 한 번 화려하게 뷰티 사업을 확장할 자신이 있었다. 외계인들에게 그들이 가진 두 개의 입술, 네 개의 팔은 '가꿔야 하는 것'이라고 당장 설득하고 싶었다.

수진은 노동자가 아닌 창업자로 사는 자신이 선명하게 그려졌다. 창업자 수진은 피부가 팽팽한 후배 상담사들의 코를 납작하게 뭉개버렸다. 피부과 원장에게는 명찰을 집어던졌다. 그러면서 "전화 예절이 뭐 그따위냐"라고 소리쳤다. 온몸이 짜릿 짜릿했다. 원통 안에 무엇이 들어 있었는지는 수진에게 더는 중요하지 않았다.

그녀는 5리터 치 금액을 남자에게 제시했다. 정품 인공 혈액의 1,000분의 1도 안 되는 가격이었다. 남자는 손가락을 팅기다 말고 오케이 모양을 만들었다. 그는 배양기에 플라스틱 통의 입구를 꽂아 5리터를 담았다. 수진은 유리통 바로 옆 침대에 누워 팔을 걷었다. 천장을 보며 심호흡했다. 어떤 여자가 그녀 옆에 따라 누웠다. 둘은 서로를 그저 응시했다.

남자는 수진에게 혈액을 수혈하기 전 생물학적 고분자 여과 필터를 보여줬다. 뼛가루를 걸러주는 동전 크기만 한 필터는 수진이 방금 구매한 혈액보다 조금 더 비쌌다. 그녀는 대출금은 물론 암호 화폐 계좌의 마이너스 한도까지 끌어다 쓴 걸 떠올렸다. 그럼에도 수진은 목표한 젊음만 되찾으면 자산은 언제든 복구할 수 있을 거라고 자신했다. 수진은 고개를 세차게 끄덕였다. 필터는 통 입구에 끼워졌다. 수혈받는 수진은 눈을 감았다.

얼마나 시간이 흘렀을까. 남자가 수진을 흔들었다. 눈을 뜬 수진은 팔을 뻗었다. 팔의 부드러운 곡선이 눈에 들어왔다. 남자는 수진의 손에 거울을 쥐여줬다. 그녀는 거울을 보며 활짝 웃었다. 거울에 비친 얼굴은 반듯했다.

침대에서 벌떡 일어난 수진은 공장 바닥을 날듯이 뛰었다. 수진이 걸음을 뗄 때마다 창고와 공장 풍경이 그녀 옆으로 휙 휙 지나갔다. 수진은 발바닥이 바닥에서 아주 조금 떠 있는 것 같다고 느꼈다. 발로 바닥을 찰 때마다 피의 보라가 일었다. 피 보라가 튄 벽은 피눈물을 흘렸다.

공장을 나선 트럭이 서기도 전에 뛰어내린 수진은 드론 택시를 불렀다. 동이 트고 있었다. 수진은 드론 택시가 땅에 착륙하기도 전에 펄쩍 날아서 올라탔다. 그녀는 회사로 날아가는 중에 리엔에게 전화를 걸었다.

"조금 늦을 거 같아요."

"네?"

"10분, 아니 5분 정도 늦으니 걱정하지 마세요."

리엔은 잠시 침묵했다.

"어제 일은 잘 해결됐나요?"

"그럼요. 너무 잘됐죠."

"도움이 됐나요?"

"큰 도움이 됐습니다."

"다행이네요."

"이전처럼 일하진 않을 거예요. 오늘의 저를 기대하세요."

수진과 리엔은 함께 웃었다.

"조심히 오세요."

수진은 전화를 끊고 눈을 붙이려 했다. 지난밤 한숨도 자지 못했으나 정신은 이상하리만치 생생했다. 수진은 눈을 다시 떴 다. 창문을 열었다. 수진의 머리카락이 비단처럼 펄럭였다. 어 느새 인천을 벗어난 드론 택시는 여의도를 지나고 있었다. 택시 가 빌딩 옆을 아슬아슬하게 스쳤다.

수진은 상담 시작 20분 전에 회사 앞에 도착했다. 공중에서 뛰어내린 그녀는 슈퍼히어로 자세로 땅에 착지했다. 그러고 나 서 멋쩍게 웃었다. 음료 가게 주인은 무릎을 꿇은 채 수진에게 토마토 주스를 바쳤다. 이를 한 손으로 받은 수진은 벤티 사이 즈 음료를 단숨에 마셨다. 토마토 주스에서는 달콤한 피맛이 났다. 수진은 피부과로 쏜살같이 뛰어가 문을 세차게 열고 들 어갔다.

상담실에 들어간 수진은 입고 있던 옷을 훌훌 벗었다. 넓적 한 브래지어는 쓰레기통에 던졌다. 등 근육이 쪼글쪼글 갈라졌 다. 캐비닛에서 하얀색 유니폼 블라우스를 꺼내 맨살 위에 입 었다. 유리문을 보며 모델처럼 몸을 꼬았다.

리엔은 수진을 단체 손님들에게 소개했다. 행성인들은 그녀를 보며 손뼉을 마주쳤다. 박수 소리로 인해 피부과가 뒤흔들렸다. 수진은 이들에게 화이트닝과 투명화 시술뿐 아니라 레이저로 에너지를 주입해 돌기를 부풀릴 수 있는 시술이 있다는 것도 안내했다. 이 처치는 그 어떤 시술보다 비쌌으나 수진과 상담한 행성인들은 패키지 상품 구매를 망설이지 않았다.

수진은 오전 내내 쉬지 않고 일했다. 고객의 눈을 똑바로 바라보고 그 어느 때보다 열정적으로 얼굴 근육을 사용했다. 손님은 끊이지 않았고, 상담을 기다리는 줄은 건물 밖까지 길게 이어졌다. 실적 그래프는 수진의 한창 시절 기록에 근접했다. 오후 업무까지 마무리하면 이변이 없는 한 역대 최고 실적이다. 수진은 모니터에 나온 그래프를 보며 환하게 웃었다. 화면에 탱탱한 얼굴이 비쳤다. 그 잔상을 보고 수진은 다시 한번 미소 지었다.

리엔이 열려 있는 방문을 두드렸다.

"점심은요?"

"생각 없어요. 좀 쉬려고요."

"고생 많았어요."

"리엔이 도와준 덕분이죠."

리엔은 방을 나가려다 말고 뒤로 돌았다. 리엔은 웃는 듯 마는 듯하다 희미한 미소를 지으며 말했다.

"제 덕이 아니고요. 다 수진 님 덕이에요. 돌기를 가꿔야 한다고 일깨워 준 건 수진 님이잖아요."

"눈에 띄는 것을, 눈에 띈다고 이야기했을 뿐인걸요."

수진은 입꼬리를 시원스레 올렸다. 리엔은 주름 없는 수진의 얼굴을 찬찬히 살폈다.

"또 봐요."

리엔은 돌기를 더듬거리지 않고 방을 나갔다.

수진은 픽 웃고 계좌를 확인했다. 체세포 전부 제공 서약서 내용은 천천히 다시 읽었다. 채무 이행 불능 시 서약서 효력이 발동된다는 내용이 부담스럽지 않은 건 아니었지만 오늘처럼 일한다면 문제는 없을 거라고 수진은 자신했다.

수진은 책상에 엎드렸다. 오후 상담을 시작하기 전에 쪽잠을 자기로 했다. 점차 정신이 아득해졌다.

수진이 눈을 떴을 때, 눈에서 피를 흘리는 여자가 그녀를 응시하고 있었다. 여자의 눈에서 나온 피는 두꺼운 안경테에 잠시 고였다가 턱까지 주르륵 흘렀다. 턱에는 핏덩이가 맺혔다. 코퍼슬 매장에서 본 시위하는 여자였다. 눈에서 피를 흘리는 여자는 수진의 코앞까지 순식간에 다가오더니 입을 뻐끔거렸다.

"내 딸 피 내놔."

고개를 확 들었다. 심장이 콩닥거렸다. 수진은 안경을 쓴 여자가 눈앞에 없는 걸 확인하고 긴 숨을 내뱉었다. 한기를 느껴 팔로 몸을 감싸려 했다. 그러나 두 팔은 움직이지 않았다. 콸콸 거리는 소리가 났다. 밑을 봤다. 순식간에 차오른 노란 액체가 허리께에서 찰랑거렸다. 수진은 힘이 들어가지 않는 손가락으로 유리를 더듬거렸다.

인구감소정책
추진에 대해

'인구감소정책'을 추진하는 배경은 단순하다.

지구 인구가 80억 명을 넘겼기 때문이다. 이대로라면 머지않아 100억 명을 돌파할 거다. 이 정도 인구라면 과학기술이 암만 발전하고 제아무리 강한 규제정책을 실행해도 지구 수명이 대폭 깎일 게 분명하다.

지구 수명 감소는 찰나와 같은 삶을 사는 인간이 체감할 수 있는 일은 아니지만 너무 빨리 변하는 기후는 지구 생명체 모두가 견디기 힘든 수준에 이르렀다. 우린 치밀한 분석과 연구를 진행했다. 그리고 기후 변화를 늦추기 위해서는 인구를 현 수준의 100분의 1로 줄여야 한다는 결론에 도달했다.

1차 감소정책에서는 지구 인구를 현재의 10분의 1로 줄일 계획이다. 그 후 지구 내구도 변화 추이를 살피고, 거기서 다시 10분의 9 정도를 줄이려 한다. 두 번째 감소 비율의 구체적 수치는 나중에 정해질 예정이다. 두 번에 걸친 감소정책이 시행되면 지구 인구는 대략 8,000만 명에서 1억 명 정도가 남는다. 그다음 인구감소정책이 어떻게 될지 현재로서는 알기 어렵다.

우리는 이런 일을 계획하고 실행할 힘을 가지고 있다. 모든 나라의 통치권 그 위에 있다. 알기 쉽게 표현하면, 백악관에 있는 비밀 문을 통해 수시로 미국 대통령을 개 부리듯 호출하는 게 우리다. 실제로 이렇다는 게 아니라 권력 서열을 비유하자면 그렇다는 거다.

말은 모든 나라라고 했지만, 직접 통제하는 건 주요 강대국의 권력뿐이다. 모든 나라의 권력을 통제할 정도의 인력이 되지 않을뿐더러 어차피 강대국을 통솔하면 나머지는 알아서 따라오니 무작정 개입 범위를 확대할 필요는 없다. 당신이 투표한 선출직이 우리의 지시를 받는지 궁금하다면 사는 나라의 수준을 가늠해 보라.

그동안 투표소까지 걸어가 소중한 한 표를 행사한 시민이라면 내 말이 허무맹랑하게 들릴 수 있겠다.

'권력은 국민의 소중한 한 표로부터', '민주주의는 우리의 손끝에서'. 이런 사기에 가까운 촌극에 목을 맨 자라면 더더욱 내 말을 믿지 못할 것이다. 믿지 못하는 건 둘째 치고 우리를 미친 놈 취급하겠지.

하지만 당신이 내 이야기를 믿건 말건 별로 중요치 않다. 오히려 믿지 않아야 구전되어 내려오는 음모설 안에 우리의 존재가 흐릿하게 남을 테니 이편이 더 좋다. 그런데 어째서 우린 모습을 드러내지 않는다는 금기를 스스로 깨는 것일까? 그건 인구가 급격히 감소한 이후에는 우리의 존재를 더는 숨길 수 없을 걸로 예상하기 때문이다.

인구가 1억 명 이하로 줄었을 때는 우리가 전면에 나서서 세계를 통솔해야 한다. 내키지는 않지만 어쩌겠나. 인류가 존속하려면 이 방법뿐인 것을.

표현은 '우리'라고 하지만 여길 대표하는 사람은 내가 아니다. 난 여기에서 인구감소정책을 기획하고 있다. 강대국 대통령에게 지시를 내리는 대표는 따로 있다. 하지만 내가 대표인 양 우리라는 표현을 서슴없이 하는 건 이곳의 뜻이 옳다는 확고한 신념이 있기 때문이다.

인구를 대폭 줄이는 것 말고 다른 방법은 없다는 믿음. 인간을 이 지구에 존속시키기 위해 품은 무한에 가까운 인류애. 이

것이 내가 여기에 충성하는 이유이자 가슴속에 박애를 심은 계기다. 이런 신념을 내게 내려준 우리 대표님의 빛나는 혜안은 지구상에 존재하는 것과 견줄 수 없을 정도로 우월하고 아름답다. 나의 이러한 마음을 대표님도 알기에, 내가 대표처럼 구는 건 문제가 되지 않는다.

사실, 우리도 이렇게까지 하고 싶지는 않았다. 우린 정말 노력했으나 성공하지 못했다. 인구를 적정하게 유지하려는 다양한 방법을 수없이 시도했다. 전쟁이나 인종 청소, 질병과 전염병, 작물 오염, 대형 참사 등 체제를 활용한 온갖 방법을 동원했으나 인구가 늘어나는 걸 막지 못했다. 기록을 보면 일부 성공한 적도 있었지만, 이제는 이러한 방식들이 고전이 되면서 잘 먹히지 않는다. 우리의 노력이 실패로 돌아간 것에 대해서는 당신들에게 가슴 깊이 사과하는 바다.

그래도 우리는 실패 속에서 많은 걸 배웠다.

우선 특정 인종이나 민족을 사라지게 하는 청소는 상쇄 효과가 있다는 것. 우리의 조종에 따라 인종 청소를 실행한 국가 구성원들의 민족적 우월감은 고취되었다. 자기들이 우주 최고인 줄 안다. 이는 이들의 적극적 종족 번식으로 이어졌다. 장기적으로 보면 가해국의 인구가 크게 늘면서 청소된 인종이나 민족의 머릿수를 대부분 상쇄했다. 삭제된 인종의 일부가 끈질기게 살아남아 2차, 3차 번식하며 연대 세력을 만드는 것도 청소 지속성을 감소시키는 원인 중 하나였다.

두 번째로 같은 무리 속에서의 혐오를 활용하는 방식은 또 다른 분화를 일으켰다. 상대적 소수자가 모두 청소되어도 남은 이들 중에서 또 다른 소수자가 발생했다는 의미다. 2차 소수자 분화가 발생하면 추가적 조치를 시행해도 1차 소수자 청소에 비해 효율이 떨어진다. 분화의 갈래가 다양해지면서 되레 생명력이 질겨지기 때문이다. 이를 통해 우린 소수자 혐오는 인구 감소에 효율적이지 않다는 교훈을 얻었다.

질병과 전염병은 바이러스의 진화 메커니즘이 우리의 통제를 벗어난다는 문제가 발생했다. 과거에는 백신이나 치료제를 확보한 뒤 개발한 질병을 퍼뜨리곤 했다. 강력한 전염력을 가진 질병으로 인구 2억 명을 순식간에 삭제했을 때의 기분은 그 무엇과 견줄 수 없을 정도로 뿌듯하면서도 짜릿했다.

그런데 이것을 반복하자 바이러스가 거대화되면서 온전한 생명으로 도약했다. 이제 이 거대 바이러스가 어떻게 진화할지는 우리도 예측하기 어렵다. 인구를 극적으로 줄이기 위해 바이러스를 활용하기에는 위험 부담이 너무 커진 것이다. 조직 내부에서도 자칫하면 우리까지 살아남지 못할 수 있다는 우려를 제기하고 있다. 결국 이 방법도 사용할 수 없게 되었다. 개인적으로는 바이러스를 퍼뜨릴 수 없는 이 상황을 가장 안타깝게 생각하고 있다.

대규모 전쟁은 너무 많은 탄소를 배출한다는 문제가 있다. 이 방법을 또 사용하면 이번에는 수만 발의 핵폭탄이 지구 곳곳에서 터질 것인데 이러면 어마어마한 탄소뿐 아니라 방사능까지 배출된다. 지구의 내구성을 고려하면 전쟁은 안 하느니만 못한 방법으로 전락해 버렸다. 이 역시 안타깝기 그지없다.

그래서 이제 우리는 대원칙을 세웠다. 이름하여 '균등 감소의 원칙'.

원칙을 세운 배경은 이렇다.

■ 인구감소정책 실행 이후 우리의 정체성과 지배력 유지 방안

○ 체제의 신속한 안정화

○ 새로운 사상 태동 차단

○ 재화 통제 기능 강화

○ 중간 관리자 집중 육성

○ 특정 계층의 세력화 방지

○ 지구 인구 1억 명 시대에도 현 계급 분포 유지 필요

⇨ 이를 위해서는 특정 인종이나 계층 소거가 아닌, 인구를 전 부문에서 균등하게 줄이는 게 바람직.

<제54,204차 인구감소정책 기획 회의 회의록> 중 일부.

원칙을 지키기 위해서는 '균등 감소 대상'을 정해야 한다. 모집단을 국가, 종교, 인종, 젠더, 재산, 계급, 나이, 직업, 학력 등 동질성을 부여할 수 있는 각각의 기준으로 나눈다. 그런 다음 각각의 기준에 따라 삭제 대상을 층화추출법을 통해 추출한다. 층화추출은 모집단을 중복되지 않은 여러 개 층으로 나눈 뒤 각 층에서 같은 비율의 표본을 무작위 추출하는 방식이다. 각 기준에 따라 층화추출을 돌렸을 때 추출된 횟수가 많은 순부터, 즉 중첩 요인이 많은 자부터 인구 감소 대상으로 확정된다.

예를 들자면 '모집단 국가 기준, 한국에서 9명', '모집단 종교 기준, 기독교에서 9명', '모집단 계급 기준, 무소득 층에서 9명' 안에 동시에 해당하는 사람이 있다고 치자. 그런 경우 이 사람의 중첩 요인 점수를 3으로 매긴다. 중첩 요인이 많은 순부터 인류를 위해 사라지는 대상으로 선정한다. 중첩 요인 동점자가 많다 해도 대상자 선정은 무작위로 또 돌릴 수 있으니 상관은 없다.

언뜻 단순해 보이나 절대 그렇지 않다. 지난 10년간 다양한 범주로 나눈 집단에 수많은 모형을 적용해 봤다. 그 결과 무작위 추출이 '균등 감소의 원칙'을 가장 잘 실현하는 방식이라는 데 내 모든 걸 걸겠다. 그만큼 자신감이 넘친다는 뜻이다.

이제 이 엔터 한 번만 누르면 10년간 고생한 나의 결과물이 눈앞에 나타날 것이다.

선정된 대상을 어떻게 소거할 것인가에 대한 원칙도 물론 정했다. 선택적 제거를 할 수 있어야 하며, 삭제 대상으로 확정된 이가 이를 맹목적으로 따라야 하고, 에너지 소비를 줄이기 위해 자신의 시신을 스스로 처리해야 한다. 이 중 하나라도 어긋나면 안 하느니만 못한 꼴로 되돌아갈 위험성이 있다.

이를 위해 우리는 국가 지도자에게만 썼던 정신 지배를 광역화할 계획을 세웠다. 정신 지배는 새로운 수단이 아니다. 우리는 이 방식을 까마득한 옛날부터 사용했다. 정신 지배를 통한 인간 조종이 우리의 주특기다.

한 명에게 쓰는 정신 지배는 대상에 맞춰 조합한 세로 파동인 음파를 사용한다. 특정 음파를 대상에 반복 주입해 대표님의 말소리에 복종하도록 하는 방식이다. 이 외에 암시나 최면, 측두엽 성형 같은 고전적인 방법들을 보조 수단으로 사용하기는 하나 요새 들어서는 개발한 음파의 효력이 강화되어 잘 쓰지 않는다.

아무튼 음파는 대상이 소수일 때 효과적이다. 수십억 명의 정신을 조작해야 할 때는 그렇지 않다. 개인 맞춤형으로 제작

되는 음파가 셀 수 없이 많아지면 서로 간에 간섭을 일으켜 완전 상쇄가 일어날 거다. 일만 많아지고 아무런 효과가 나타나지 않을 거란 뜻이다. 그래서 우리는 소리가 나지 않으면서 인간이 반드시 접해야만 하는 걸 이용하기로 했다. 바로 빛이다.

모든 생물은 고유의 광량자를 보유하고 있다. 보이느냐, 보이지 않느냐의 차이가 있을 뿐이다. 반딧불이와 인간을 비교하면 명료하다. 인간이 내는 빛은 사람의 눈으로 인식할 수 없을 정도로 약해서 보이지 않는다.

우린 아인슈타인의 개념을 빌려 빛의 광량자를 시시각각 늘리거나 줄이는 방식으로 각각의 뇌에 메시지를 삽입할 것이다. 한 개인은 타인과 일치하지 않는 고유의 광량자를 가지고 있기에 가능한 방법이다. 소거 대상에 선정되지 않은 이들의 광량자를 조작하면 그들을 특정 진동수로부터 보호할 수도 있다. 우리는 빛을 내는 모든 사물을 통해 자살 교향곡을 전 세계에 전파할 것이다. 이 일은 빛의 속도로 진행된다.

이 방법은 시각 기능과는 무관하다. 빛은 시각으로만 접하는 게 아니기 때문이다. 빛을 접한 피부는 생화학 반응을 일으키므로 이 방식에 허점은 없다. 눈을 감는다 해도, 지하에만 산다고 해도 삶에는 빛을 내는 사물이 필요하므로 우리의 통제를 따를 수밖에 없게 된다. 단언컨대 당신이 우리의 실행을 피하는 건 불가능하다. 인간은 빛에서 벗어날 수 없다.

다시 한번 강조하는데 나의 신념은 아주 강고하다. 79억 명을 죽인다는 죄책감은 느끼지 않는다. 오히려 이 일을 맡게 된 것을 영광으로 생각한다.

인류 조상의 개체 수가 급감한 적은 수없이 많았다. 종의 개체 수가 너무 많을 때 이를 줄이는 건 자연의 섭리다. 이번에는 우리 스스로가 이 섭리를 실현하는 것이다. 인류는 미래를 걱정하는, 나와 다른 것을 이해하는, 인간보다 지구를 위하는, 더 나은 세상을 건설하는 존재로 다시 태어날 것이다.

이제 엔터 키를 누르겠다. 흥분된다. 모집단 기준에 따라 소거 대상으로 선정될 때마다 문자가 도착할 것이다. 이후에는 눈을 감아도 우리의 거룩한 실행을 피할 수 없다. 그러니 괜한 헛수고는 하지 않는 게 좋다. 선정되면 뇌에 삽입된 메시지에 따라 순순히 생을 마감하면 된다. 스스로 삶을 끝내는 순간 무한에 가까운 행복을 느낄 것이다.

자, 대상을 선정하겠다.

……

내 휴대 전화가 계속 울린다.

이윽고 언어가
사라졌다

회색 잠바를 입은 노인은 살이 흘러내린 코끝을 아크릴 가림막에 바짝 붙였다. 노인이 말할 때마다 침이 가림막에 후드득 튀었다. 창구 직원은 미간을 잔뜩 찌푸렸다.

　노인은 로지먼트종합병원 창구 직원에게 배우자의 진료비 상세 내역서와 입퇴원 사실 확인서를 발급해 달라고 했다. 직원은 가족 관계 코드를 보여달라고 했으나 노인은 '내가 가족이 아니면 여기 왜 왔겠냐'며 소리를 질렀다. 이때까지만 해도 노인의 목소리는 로비에서 부유하는 꽈배기 모양의 자기 부상 샹들리에를 흔들 정도는 아니었다.

　로비 회전문 앞도 떠들썩했다.

50대로 보이는 여자는 회전문 앞에서 병원 경비에게 눈을 치켜떴다. 여자는 주머니에서 오른손을 꺼내더니 경비에게 손가락질했다. 경비는 사전에 발급받은 QR코드가 없으면 병원으로 들어올 수 없다고 했고, 여자는 입을 크게 벌린 채 버텼다. 여자의 목젖이 앞뒤로 흔들렸다.

2층에서 이를 내려다보던 선린은 고개를 들었다.

3층 복도에서는 허리에 손을 얹은 신경과학과 3년 차 레지던트 신인수 선생이 1년 차 레지던트들을 일렬로 세워놓고 뭐라 하고 있었다. 의국도 아닌 복도에서 저러는 건 1년 차가 저지른 실수가 보통이 아니거나, 신 선생의 기분이 매우 나쁘거나 둘 중 하나였다. 선린은 밑을 흘겨보는 신 선생과 눈이 마주치자 서둘러 고개를 숙였다. 그와는 안면만 튼 사이이므로 구태여 눈인사를 건네고 싶지는 않았다.

이런 상황들은 로지먼트종합병원에서 으레 벌어지는 일이므로 선린은 특별히 관심을 기울이지는 않았다. 선린은 그저 오늘 하루도 심지에 불이 붙은 환자가 걸리지 않길 바라며 2층 복도 난간에 턱을 괸 채 한숨을 푹푹 쉬며 로비를 관전할 뿐이었다.

노인이 있는 창구에 병원 직원들이 모였다. 직원들은 손을 흔들며 노인을 진정시키려 했다. 노인의 얼굴은 붉었고 목에는 핏줄이 섰다.

"당장 병원장 나오라고 해!"

노인이 소리쳤다.

"어디다 손을 대!"

회전문 앞에 있는 여자가 내질렀다.

"왜 이해를 못 해!"

신 선생이 외쳤다.

세 명의 어조에는 왠지 모를 스산한 날이 서 있었다. 이 음산 함이 로비의 공기를 갈랐다. 선린은 턱을 괸 손을 풀고 상체를 일으켰다.

선린이 몸을 완전히 세우자마자 노인과 여자, 그리고 신 선 생이 동시에 욕을 퍼질렀다. 상대를 향한 욕은 꼬리에 꼬리를 물며 이어졌다. 회전문을 통해서는 구급차의 요란한 사이렌 소 리가 흘러들었다. 그러자 아주 기다란 꽈배기 모양의 우람한 샹들리에가 병원 정문 쪽으로 미세하게 기울어졌다.

선린은 눈을 비비고 다시 바라봤다. 샹들리에는 분명 흔들 렸다. 종합재활의학과 레지던트 3년 차 선린은 주변을 두리번거 렸으나 샹들리에를 바라보는 사람은 자신 말고는 없었다.

이때 밑에서 쿵, 소리가 났다.

노인은 아크릴 가림막에 이마를 박았다. 창구에 있던 직원이 뛰쳐나왔다. 노인은 아무리 말려도 고래고래 소리를 지르며 이마를 아크릴 가림막에 박는 걸 멈추지 않았다. 가림막에 난 금은 방사형으로 퍼졌다. 직원들은 노인의 사지에 달라붙었지만, 그의 행동을 멈추게 할 수는 없었다.

'노인이 저렇게 힘이 셀 수가 있나?'

선린의 의문과 호기심이 커지는 와중에 로비에서 또 쿵, 소리가 났다.

회전문 앞에 있던 여자는 정수리로 경비의 안면을 박았다. 경비는 여자와 함께 바닥에 넘어졌다. 여자는 넘어지고도 경비의 얼굴에 계속해서 머리를 박아댔다. 경비는 간신히 옆으로 피한 뒤 코피가 줄줄 흐르는 얼굴을 두 손으로 감쌌다. 덜덜 떨리는 경비의 손가락 사이로 피가 흘러내렸다.

여자는 바닥에 이마를 박는 걸 멈추지 않았다. 여자의 눈과 이마에서는 피가 흘렀다. 안구는 점점 튀어나왔다. 정신을 차린 경비가 두꺼운 팔뚝으로 여자의 어깨와 목을 휘감았다. 그러나 여자는 팔뚝 사이를 뱀처럼 빠져나가더니 바닥으로 다시 돌진했다. 경비는 재차 여자를 잡으려 했으나 피가 묻은 손은 옷깃에서 미끄러졌다. 여자는 바닥에 이마를 연신 박아댔다. 연락을 받고 모인 경비들이 노인과 여자 쪽으로 후다닥 달려갔다.

대형 병원이라고 해도 흔히 볼 수 있는 광경은 아니었다. 선린은 홀이 내려다보이는 난간에서 손을 떼고 1층으로 내려가는 계단 쪽으로 걸었다. 노인과 여자를 직접 제압하지는 않더라도 어수선한 상황을 정리하는 데 도움을 주고 싶었다.

선린이 계단에 발을 딛는 순간 로비에서 또 쿵, 소리가 났다. 이번 건 이전에 난 소리보다 컸다. 콘크리트 계단을 타고 올라온 진동이 선린의 발끝에 닿았다.

50대 여자와 실랑이를 벌인 경비는 회전문 근처 기둥 앞에 쓰러져 있었다. 경비의 이마와 코에서 흐르는 피는 멈추지 않았고 두 다리는 파르르 떨렸다. 이를 본 동료 경비는 두 손으로 머리를 움켜잡으며 중얼거렸다. 중얼거리는 소리는 점차 커지더니 욕으로 변했다. 욕을 내지른 경비는 반대쪽 기둥으로 전속력으로 달렸다. 그러고 나서 또 쿵. 하얀색 기둥에 피가 작렬했다.

내원객들은 비명을 질렀다. 사람들이 출구로 몰렸다. 사람들은 넘어지고 끼이고 또 포개졌다. 악다구니와 비명이 출구 앞을 가득 채웠다. 누가 미쳤고 누가 제정신인지 구분할 수 없는 광경이 로비에 펼쳐졌다.

선린은 내려가는 걸 멈추고 한 걸음 물러섰다. 두 손으로는 입을 감쌌다. 어찌할지 판단이 서지 않았다.

이때 등판에 'SECURITY'라는 글자가 크게 박힌 검은색 조끼를 입은 사람들이 로비 엘리베이터에서 내렸다. 선린은 안도의 한숨을 쉬었으나 참상을 마주한 보안요원들은 주춤거렸다. 이들은 서로에게 삿대질하며 소리 질렀다. 뭐 한 거냐, 왜 늦었냐, 누구 책임이냐, 당직 누구냐, 막내 뭐 했냐, 어떻게 수습하냐를 두고 다퉜다. 그것도 잠시. 이들은 갑자기 이해할 수 없는 행동을 했다.

어느 한 명은 오른쪽으로 통통 뛰었다. 다른 요원은 사선으로 휘청이며 걷다가 의자에 걸려 넘어졌다. 또 다른 요원은 팔을 좌우로 크게 휘저으며 걷다가 환자와 부딪히고 자빠졌다.

그들이 향했어야 했던 입퇴원 수속 창구 앞 상황은 더욱 처참했다.

창구 앞에는 세 명이 앉을 수 있는 벤치형 의자가 한 줄에 세 개씩 총 아홉 개가 놓여 있다. 이 벤치형 의자 위로 사람들이 엉켜 있었다. 노인을 말리던 직원들, 그 옆에 있던 환자와 보호자와 간호사들, 드론형 수액 걸이와 링거 튜브가 서로 엉킨 채 쌓여 있었다.

사람 무더기 밑에서는 곧 끊어질 듯한 신음이 가느다랗게 새어 나왔다. 그 위로는 누구에게서 나오는지 구분할 수 없는 중얼대는 말들이 뒤섞였다.

사람들은 자신이 어디로 가는지 모른 채 걷다가 의자에 걸려 차곡차곡 쌓인 모양새였다. 버그가 걸린 게임 캐릭터 같았다. 모두가 동시에 방향 감각을 잃었거나 아니면 미쳤거나. 선린은 어찌할 줄 몰랐다.

그 순간 천이 바람에 바르르 날리는 소리가 로비를 채웠다. 선린은 떨어지는 것과 눈이 마주쳤다. 하얀 가운은 홀을 휘감은 상승 기류를 역행하며 아주 잠깐 날았다. 머리가 밑으로 향한 신 선생은 선린을 보며 말을 뱉었다.

"말할 수 없게 될 거야. 아무…!"

신 선생이 말을 마치기 전에 로비 바닥이 쿵, 울렸다. 선린은 입을 다물지 못했다. 손은 너무 떨려서 아무것도 쥘 수 없었다. 간신히 밑을 살피며 계단을 천천히 내려갔다.

사지의 관절이 꺾인 채 바닥에 널브러진 신 선생은 꿈틀거렸다. 사람들은 그런 신 선생을 거리낌 없이 밟고 지나갔다. 아무도 신 선생의 추락을 신경 쓰지 않았다.

다리에 깁스한 여자는 목발 없이 절뚝절뚝 걸었다. 키오스크와 벽 사이에 낀 환자복을 입은 남자는 기기와 벽에 번갈아 머리를 박았다. 창구 앞에 눈덩이처럼 뭉친 사람들 위로 환자들이 덧쌓였다. 바닥에 넘어진 이들은 일어서지 않고 발만 동동거렸다. 누운 채로 회전문에 낀 경비는 파닥거렸다. 그 안에 갇힌 휠체어는 제자리에서 빙글빙글 돌았다.

선린은 이들에게서 딱 한 가지 공통점을 발견했다. 눈이었다. 방향 감각을 잃은, 몸을 통제하지 못하는 사람들의 검은색 동공은 눈꼬리에 바짝 붙어 있었다.

선린이 이 눈을 가만 응시할 새도 없이 또 한 번 쾅.

이번에는 병원 밖이었다. 두 개 층 높이의 거대한 정문 유리문을 통해 택시가 주차장 부스를 들이박았다. 비스듬히 기울어진 택시는 앞바퀴가 들렸으나 기사는 액셀에서 발을 떼지 않았다. 바퀴가 굉음을 내며 돌았다. 택시 하부 배터리 팩에서는 흰 연기가 피어올랐다.

선린은 계단참에서 내려가는 걸 멈췄다. 귀를 잡고 쪼그려 앉았다. 손으로 귓바퀴를 박박 비볐다. 이 사태의 원인은 알 수 없었으나 뭔가가 전염되고 있다는 건 인식할 수 있었다. 선린은 신 선생이 낙하한 곳을 다시 내려다봤다. 그의 흔적은 사람들에게 가려 보이지 않았다.

선린은 로비로 내려가는 걸 포기하고 2층에 있는 종합재활의학과로 냅다 뛰었다. 진료실 앞에는 오전 진료 마지막 환자인 제이만 남아 있었다. 제이는 이제 막 기능점검실에서 온른 다리

보조기의 운동 활동을 테스트하고 나온 차였다. 선린은 제이를 진료실로 끌고 들어가 문을 잠갔다. 이어 접수 데스크의 철제 셔터를 내렸다.

"선생님 뭐 하시는 거예요?"

수간호사가 소리쳤다. 선린은 대답하지 않고 문 앞에 수그려 앉았다. 무릎을 가슴에 바짝 붙인 채 그 안에 얼굴을 묻었다. 긴 머리카락으로 이마를 가렸다. 두 손으로는 귀를 틀어막았다. 속으로는 아진을 떠올렸다.

*

아진의 파동언어학 논문 주제 초안은 '언어의 음향 예속성에 대한 고찰'이었다. 언어의 파장과 주파수, 음의 높낮이 영역이 언어 사용 집단에 미치는 영향을 살펴보는 연구였다. 아진의 가설은 마찰음에 해당하는 시옷과 쌍시옷 사용 빈도가 높고, 또 그 음의 높이 역시 칠음계 중 솔 이상이라면 이 집단의 화법은 직설적일 것이라는 식이었다. 그 집단에 형성된 지배적 언어 체계가 개개인의 주관 형성에 영향을 미친다는 것이다.

선린이 고개를 갸웃하면 아진은 더 쉽게 설명했다.

"너 느릿느릿하게 말하잖아. 그러니까 성격은 음, 답답하고…."

그러면 선린은 팔꿈치로 아진의 옆구리를 쿡 찌른 뒤 이어지는 아진의 열변을 열심히 듣는 척했다.

아진은 선린이 이해하는 범위 그 이상으로 음파의 진동수와 주파수를 쪼개고 또 쪼개 언어의 음향 특질을 분석하려 했다. 아진은 이 연구를 지속할수록 언어를 기술적 관점으로만 바라보는 경향이 강해졌으나 연구 내용을 온전히 이해하지 못하는 선린은 아진의 말을 가로막거나 토를 달지 않았다. 그보다는 언어에 대해 말할 때 빨갛게 달아오르는 아진의 입술을 보며 딴생각하는 즐거움을 누렸다. 선린이 아진의 말을 열심히 들은 건 온전히 그 두껍고 빨간 입술 때문이라고 해도 과언이 아니었다.

아진이 말 오염도를 발견한 건 뜻밖의 일이었다.

아진은 논문 작성을 위해 음성이 공개된 입법부와 행정부의 각종 회의 영상을 음향음성 분석 엔진에 넣었다. 말을 시간, 주파수, 강도 기준으로 3차원에 펼치는 스펙트로그램을 통해 단어별 파동 통계를 추출하기 위해서였다. 단어의 파동이 주관에 미치는 영향을 추론하기 위한 작업이었다.

그런데 같은 단어를 사용자에 따라 전혀 다른 뜻으로 인식하는 오류가 발생했다. 예를 들어 분석 엔진은 행정부의 언어 사용자가 사용한 단어 '화합'은 '화합'의 의미로 해석했지만, 입법부의 언어 사용자가 다른 문장에서 사용한 단어 '화합'의 뜻은 '적대'로 분류했다. 분석을 돌리면 돌릴수록 이 오류의 빈도는 잦아지고 범위는 넓어졌다.

아진은 오류의 원인을 찾기 위해 대용량 언어 데이터를 샅샅이 검수했다. 마침내 아진은 시간이 흐를수록 사용자에 따라 단어의 의미가 달라진다는 걸 발견했다. 이건 단어의 의미나 용례가 시대에 따라 달라진다는 언어역사학 관점과는 조금 달랐다. 아진은 사용자의 의도적인 비문 형성, 고의적 왜곡, 그로 인한 단어와 의미 간의 적합성 하락, 발화자와 수용자 간의 이해 격차가 확대되는 추세를 관찰했고, 이를 증명할 수 있다는 결론을 내렸다.

아진은 새로 발견한 개념을 '말 오염도'라고 정의했다. 단어나 어절 의미의 변질화 수준을 측정하는 오염도. 이 오염도가 증가할수록 인간은 의사소통에 애를 먹게 된다. 이 과정이 지속되면 같은 언어를 사용해도 대화를 할 수 없는 수준에 다다른다. 오염도가 임계치를 넘으면 언어가 갖는 골격 자체가 사라져 말이 소통 도구로서 기능하지 못하는 원시적 수단으로 전락한다. 아진은 이것이야말로 자신의 논문 주제가 되어야 한다고 했다.

선린은 아진의 장황한 말에 귀를 기울이며 자신이 이해할 수 있는 부분이 나올 때까지 기다리다 때에 맞춰 고개를 세차게 끄덕거렸다.

진실이란 단어가 우스워진 세상, 말의 재현이 불가능해진 사회, 기획된 비문과 혐오의 일상화, 뭐든 안 듣고 사는 게 속 편한 세상, 쓰레기 같은 말…

아진이 제시한 개념은 이런 현상을 말하고 있는 게 아닐까. 선린에게는 여전히 어려웠지만, 선린은 아진의 통찰이 인간의 내면을 향해 있다는 것만은 어렴풋이 느낄 수 있었다.

아진은 논문 초안을 날려버리고 말 오염도로 주제를 바꿨다. 밤낮없이 연구에 매달린 아진의 광대뼈는 튀어나왔고 손가락 마디는 도드라졌다. 허벅지는 가늘어졌고 입술은 바짝 말랐다. 선린은 아진의 갈라진 입술을 만질 때마다 눈이 시큰했다.

아진이 말라가는 이유는 피할 수 없는 딜레마 때문이었다. 논문을 작성한다는 것은 '말 오염도'라는 새로운 발견과 그 이론을 언어로 전달하는 것이다. 아진은 자신이 사용하는 표현 하나하나가 오염되지 않은 것이라고 확신할 수 없었다. 그는 확신할 수 없는 채로 계속 말하고 기술했다. 아진은 말하면 할수록 자신이 언어를 오염시키고 있는 건 아닌지 끝없이 의심했다. 자문을 멈추지 않아도 답을 내릴 수는 없었다. 답을 얻기 위해 또 쓰고 말해야 했다. 말할수록 쌓이는 말은 장황해졌다.

주변의 반응도 긍정적이지만은 않았다. 아진의 주장을 접하고 고개를 끄덕이는 언어학술원 동료도 없지 않았지만, 상당수는 "그래서 뭐라는 거야"라는 반응을 숨기지 않았다.

아진의 '말 오염'을 증명하는 언어 데이터가 아무리 방대해도 새롭게 만들어진 단어가 문명에 녹아든 사례 또한 얼마든지 있었다. '지나간 열차만 보고 남아 있는 철로는 보지 않는 게 당신의 연구'라는 학계의 냉정한 평가가 잇따랐다. 심지어는 언어의 종말을 원하는 미친 학자라고 조롱당하기도 했다.

"무서워서 말도 못 하겠네." 누군가는 그렇게 말하며 킬킬댔다.

아진은 부정적 평가의 원인은 발의에 대한 대안 부재라고 판단했다. 그리고 비언어적 전달 체계를 구현하는 연구에 집착했다. 그가 구상한 건 음성과 문자의 틀을 깬 새로운 도구. 멀리 떨어져 있어도, 심지어는 서로를 보지 않아도 만났을 때보다 더 섬세하고 정확한 의미를 전달하도록 하는 새로운 길이었다.

연구에 대한 아진의 강박은 점점 심해졌다. 선린 앞에서도 이를 숨기지 못했다.

오랜만에 함께 식당을 찾았을 때였다. 아진은 스테이크를 주문했다. 종업원은 선호하는 굽기 정도를 아진에게 물었다. 아진은 종업원에게 당신이 생각하는 굽기 기준과 내가 평가하는 척도가 같냐고 되물었다. 종업원은 입술을 살짝 벌리고 눈을 가늘게 뜨더니 일반적인 기준을 설명했다. 종업원이 웰던은 완전히 익힌 고기라고 하자 아진은 당신이 생각한 '완전'과 내가 떠올린 '완전'이라는 개념이 같은 것이라고 자신할 수 있냐고 따지듯 물었다.

"그러시면 선호하는 굽기 정도를 고기의 색으로 설명해 주시면 주방에 얘기해서…"

"말을 전달하는 과정에서 제가 전하고자 하는 '의미'가 왜곡되지 않는다고 어떻게 확신하죠?"

"그러니까…"

아진은 말꼬리를 하염없이 물고 늘어졌다. 선린은 얼굴이 화끈거렸다. 종업원의 이마에서는 식은땀이 흘렀다. 이제 막 미성년자 티를 벗은 것으로 보이는 종업원은 두 손을 배꼽 앞에 모은 채 어쩔 줄 몰라 눈망울을 글썽거렸다.

"야!"

이날 선린은 아진에게 처음으로 큰소리를 냈다.

"말이 왜 이렇게 많아. 너야말로 여길 오염시키고 있잖아."

선린은 식탁에 냅킨을 집어 던진 뒤 식당을 나와버렸다. 그러고 한동안 둘은 만나지 않았다.

이후 아진은 말하지 않았다. 심지어 문자도 하지 않았다. 선린은 아진과의 관계를 끝장내지는 않았지만, 그렇다고 답답하지 않은 건 아니었다. 마음에 쌓인 말은 결국 터질 수밖에 없었다. 선린은 아진에게 다짜고짜 찾아갔다. 그가 듣든 말든 쏘아붙였다.

"단어가 이중적 의미로 사용되는 건 언어의 변천 과정일 뿐이야. 그건 어린애도 알아. 의미를 문자로 표현하는 정서법은 온전히 인간이 형성한 문화나 관습으로 개조되는데 이걸 오염이라고 단정하는 건 모순 아니니? 말과 문자는 상호 보완적인데 이 둘이 종식될 거라고 보는 것도 너무 극단적이야. 이런 생각을 내려놓고 의미 변화를 적절히 반영하지 못한 언어 사용 사례로 풀어봐. 말도 안 되는 연구에 매달리지 말고 다른 방법을 찾아보란 말이야. 이 정도 집착이면 병이야, 병! 동굴 파서 들어가 있는 게 네가 생각한 해결책이야? 넌 고작 그 정도밖에 안 되는 인간이었어?"

선린은 말을 쏟고 나서 아차 했으나, 아진은 눈만 끔벅일 뿐 대답하지는 않았다. 하지만 이날 이후 아진은 로지먼트종합병원 최 교수에게 언어 재활 치료를 받기 시작했다. 선린은 선뜻 치료받겠다는 아진의 의중이 무엇인지는 알지 못했다. 그저 이 치료가 아진이 동굴을 빠져나오는 데 도움이 되길 바랐다.

그리고 다시, 아진의 치료 일정이 있는 오늘.

휴대 전화가 울렸다. 선린은 두 손으로 귀를 꽉 틀어막고 있었기에 가운 주머니에 있는 휴대 전화를 바로 확인할 겨를이 없었다. 하지만 왠지 이 연락만큼은 꼭 봐야 할 것 같았다. 선린은 주머니를 뒤적여 휴대 전화를 꺼내고 눈을 살며시 떴다.

끝나고 있어.

아진에게서 온 메시지였다. 그는 긴 시간 동안의 침묵을 깨고 메시지를 보냈다. 반가운 마음이 솟은 선린은 떨리는 손가락으로 기기를 두드렸다.

괜찮아?

한참 동안 답변이 없었다. 초조해질 때쯤 장문의 메시지가 선린에게 도착했다.

말 오염도가 임계치를 넘었어. 이제 같은 언어로 의사소통을 할 수 없는 지경에 이른 거야. 이런 상황에서는 누구나 미쳐버릴 수밖에 없는 거겠지. 난 봤어. 목격했다고. 서로 싸우다 결국 질주하는 모습들을. 그 장면은 내 이론을 적용하는 거 말고는 달리 설명할 길이 없어. 나를 우습게 여긴 자들이 이걸 봐야만 해. 내가 옳다는 게 증명되고 있어. 너도 봤지? 내가 뭐랬어. 내가 옳았다고.

침묵을 깬 아진은 흥분된 감정을 감추지 못했다.

아진은 이 참사를 자신의 이론을 증명하는 장으로 기꺼이 받아들였다. 아진은 어디냐는 선린의 물음은 무시하고 자기 이야기만 늘어놨다. 그의 주장은 감탄이 되더니 심지어는 "이건 계시야"라며 종교 언저리까지 나아갔다.

줄줄이 새로 뜨는 말풍선을 보다 말고 눈을 질끈 감은 선린은 고개를 떨궜다. 아진은 매우 즐거워했다. 사람들의 발작적 질주, 방향 감각 상실, 알아들을 수 없는 중얼거림, 눈꼬리에 붙은 동공. 이 증상들은 아진에게 흥미로운 관찰거리였다. 아진이 이 정도로 들뜬 모습은 처음이었다. 그의 메시지가 반가웠던 선린의 마음은 차갑게 식어갔다.

선린은 휴대 전화를 내려놓고 진료실을 둘러봤다. 수간호사와 간호사, 아파트 건설 현장 추락 사고로 뇌와 경추 손상을 입은 제이와 자신을 포함해 네 명이 둘러앉아 있었다. 간호사들은 고개를 숙인 채 눈을 감았다. 제이는 무덤덤한 표정으로 자신의 오른쪽 다리를 쳐다봤다. 생체 신호 감응형 보조기가 채워져 있었다. 의료기기나 응급환자를 운송하는 통로인 마이크로그래비티 튜브로 받은 것이었다. 보조기를 단 직후의 제이는 환하게 웃고 있었다.

지금은 제이의 얼굴에서 아무것도 읽을 수 없었다. 보조기를 달았어도 자유롭게 걸을 수 없으니 당연한 일이었다. 그나

마 다행인 건 이 사달이 나기 전에 제작실로부터 완성된 제품을 받은 거였다. 선린은 제이를 가만 쳐다봤으나 그는 이 시선을 외면했다.

밖에서 누군가 비명을 지르며 전력으로 질주했다. 제이를 뺀 나머지는 두 손으로 귀를 막았다. 복도의 진동이 엉덩이에 전달되었다. 떨림은 빠르게 사라졌다.

선린은 책상 서랍을 뒤적였다. 청각 장애인을 위해 전면부가 투명해지는 기능이 있는 인비저블 마스크를 착용했다. 여분 마스크는 주머니에 넣었다. 이어 장갑과 접착 메모지, 펜을 챙겼다.

선린은 노란색 접착 메모지에 글씨를 써서 수간호사에 보여 줬다. 고개를 숙이고 있던 수간호사가 선린을 올려다봤다. 선린은 소리 없이 입술을 움직였다.

'아진 환자 몇 번 치료실로 예약돼 있나요?'

수간호사는 왼쪽 눈을 눈꼬리 쪽으로 굴리더니 이내 동공을 멈췄다. 선린은 흠칫 놀라 뒤로 물러섰다. 수간호사는 동공을 가운데로 재정렬하더니 입을 벌리려다 말았다. 수간호사는 두 손을 들어 각각 세 손가락을 펼쳤다. 3층에 있는 3번 치료실이라는 뜻이었다. 선린은 고개를 끄덕이고는 진료실 문에 귀를 가져다 댔다. 아무 소리가 나지 않았다. 선린이 나가려 하자 간호사들이 주춤대며 일어섰다.

제이는 이제야 선린을 바라봤다. 눈으로 '선생님 조심하세요' 라고 말했다. 선린은 제이를 향해 눈웃음을 지었다. 이어 간호 사들을 바라보며 잠금장치를 가리켰다. 그들은 고개를 끄덕였 다. 선린은 나갔고 문은 철컥 잠겼다.

복도는 적막했다. 선린은 마스크를 만지작거렸다. 아진을 찾 아야 했다. 흥분한 아진이 어떤 돌발 행동을 하고 있을지 알 수 없었다. 계단 쪽으로 향하려던 선린은 문득 로비를 내려다봤 다. 밀린 세탁물처럼 쌓여 있는 사람 무더기에서는 얕은 신음 이 새어 나왔다. 제일 밑에 깔린 사람은 질식사하고도 남을 광 경이었다. 정문으로 보이는 병원 밖은 고요했다.

저 기이한 행동이 순식간에 사람들에게 퍼졌는데 구조대의 흔적은 보이지 않았다. 그렇다는 건 병원이 폐쇄되었다는 것 외 에 다른 걸 생각하기 어려웠다. 선린은 방역 연합이 지정한 감 염병 위기 단계를 떠올렸다. 회피 단계에서는 감염병 전파를 억 누르는 대신 발생지를 영구 삭제하는 조치가 신속 시행된다.

'시간이 없어.'

선린은 소리 내지 않고 중얼거렸다. 방역 연합의 구조 포기 가 주는 충격은 작지 않았지만, 빨리 움직여야 한다는 건 인지

할 수 있었다. 이 사태의 원인으로 추정되는 미지의 바이러스에 감염되어 질주하는 아진을 보고 싶지 않았다.

선린은 콧잔등을 꾹꾹 누르며 이맛살을 찌푸렸다. 마스크의 귀밑 부분을 건드려 투명화를 해제했다. 한 걸음, 한 걸음 살포시 걸었다. 이상 행동을 하는 자들은 의도가 있든 없든 상대를 공격하는 행동을 보이기도 했다. 선린은 감염 의심자를 마주치면 어떻게 대응할지 궁리했지만 뾰족한 수는 없었다. 선린이 들고 있는 거라곤 마스크와 종이, 펜뿐이었다. 그러니 더더욱 발소리를 죽였다.

선린은 계단 중간쯤에서 까치발을 들었다. 하얀 가운을 입은 누군가가 3층 난간에 기댄 채 샹들리에를 넋 놓고 쳐다봤다. 선린은 숨을 죽이고 한동안 지켜봤지만, 흥분하는 기미는 없었다. 3번 치료실로 가려면 저 사람을 지나쳐야 했다. 선린은 상체를 숙인 채 천천히 발걸음을 옮겼다.

얼굴을 자세히 보기 위해 눈을 찡그리자, 누군지 알 것 같았다. 아까 신 선생에게 잔소리 듣던 신입 레지던트였다. 선린은 그의 허연 가운 밑단을 살짝 잡아당겼다. 그는 꿈쩍하지 않았다. 선린을 글씨를 적은 접착 메모지를 난간에 붙이고 주먹으로 벽을 톡톡 쳤다. 레지던트는 천천히 고개를 밑으로 내렸다.

괜찮으세요?

선린이 쓴 글을 본 신입은 고개를 끄덕였다.

"네. 저는 참 괜찮습니다."

그는 소리 내 말하는 걸 두려워하지 않았다. 마스크도 쓰고 있지 않았다.

뭐 하세요?

"메모지에 글을 쓰는 걸 보니 이게 뭔지 대충은 알아채신 것 같네요."

신입은 다시 앞을 바라보며 한숨을 푹 쉬었다.

"신 선생님은 하늘을 날기 전에 그랬어요. 왜 이해를 못 하냐고요."

신입은 흐느끼듯 웃었다. 선린은 머리털이 바짝 섰다.

진정하세요.

"저는 차분한 상태입니다. 걱정하지 마세요."

울음인지 웃음인지 모를 그의 소리가 잦아들었다. 그는 목을 가다듬고 말했다.

"신 선배요, 우리에게 이해를 갈구하더니 하늘에서는 말할 수 없게 될 거라고 괴성을 질렀어요. 우리가 선배의 말에 공감하면, 이해한다고 말해야 하잖아요. 근데 선배는 이해받기를 원하면서도 제 입에서 말이 나오는 걸 바라지 않았어요. 왜 그 연구를 함께하자고 한 건지… 저는 도무지 이해할 수가 없습니다."

신입의 흐느끼는 웃음은 말을 거듭하며 날 선 어조로 변하고 있었다.

"선배는 알고 있었던 겁니다. 우리에게 무슨 일이 일어날지를요. 말이 어떻게 우리를 미치게 하는지를요. 운명을 알고 있었던 거라고요. 근데 왜 혼자서만 알고 있었던 걸까요. 왜 나한테 알려주지 않은 거냐고! 이 연구에 왜 날 끌어들인 거냐고!"

신입의 목소리가 홀을 울렸다. 선린은 몸을 난간 밑으로 바짝 수그렸다.

"신인수는 이 혼란을 인간에 대한 선물이라고 생각한 거야. 제까짓 게 뭔데, 아주 오만해."

그의 목 핏줄이 불룩거렸다. 선린은 얼굴이 붉어지는 레지던트와 거리를 두기 위해 뒷걸음질을 쳤다. 신입이 선린 쪽으로 고개를 획 돌렸다. 마주한 신입의 동공이 파르르 떨리더니 눈꼬리 쪽으로 서서히 이동했다. 동공이 눈꼬리로 움직일 때마다 눈에서 딱딱거리는 소리가 났다.

"나는 늦었어. 하지만 뭔가를 아는 너라면, 이걸 기억해. 중요한 건 말이야, 입에서 나오는 이 말. 이해했어? 격리제로 여기를 막아야 해."

그는 손가락으로 왼쪽 머리를 톡톡 쳤다.

"신인수의 흔적을 찾아가."

신경과학과 1년 차 레지던트는 이 말을 마친 뒤 샹들리에의 영롱한 빛을 하염없이 바라봤다. 그는 눈물을 흘리며 욕을 마구 내뱉었다. 동공은 어느새 눈꼬리 쪽에 붙어 있었다. 흐르는 눈물은 흰 가운에 떨어졌다. 레지던트는 급기야 두 손을 모은 채 알아들을 수 없는 말을 중얼거렸다. 주어와 서술어가 뒤죽박죽인, 언어라고 할 수 없는 그저 소음이었다.

레지던트는 한 걸음 뒤로 물러섰다. 두 팔을 벌리더니 한 발만의 도움닫기로 난간을 훌쩍 뛰어넘었다. 흰 가운이 영웅의 망토처럼 팔랑거렸다. 샹들리에에 그가 부딪히는 날카로운 파열음이 터져 나왔다. 그러더니, 쿵.

선린은 비명조차 지르지 못했다. 밑을 내려다볼 수도 없었다. 난간 맞은편 벽에 등을 기댄 채 입과 귀를 틀어막을 뿐이었다. 로비의 고요한 혼란은 시끌벅적한 소요로 뒤바뀌었다. 샹들리에의 투명한 육각기둥 크리스털이 서로 부딪히며 우아하게 홀을 울렸다.

아진은 치료실 소파에 홀로 우두커니 앉아 있었다. 그는 숨을 헐떡이는 선린을 한동안 노려보기만 했다. 선린은 아진이 자신에게 무슨 말을 전하려는지 알 수 없으므로 손바닥을 뒤집은 뒤 어깨를 으쓱했다. 그렇게 둘은 침묵 속에서 서로의 눈을 응시했다. 아진은 한숨을 푹 쉰 뒤 휴대 전화를 꺼내 들었다.

왜 답 안 보내!

아진은 입술을 삐죽였다.

선린은 울컥했으나 참았다. 가쁘게 뛰는 심장은 좀처럼 누그러들지 않았다. 귀밑 부분을 두 번 건드려 마스크를 투명화했다. 글씨를 쓰기 위해 휴대 전화 버튼을 누르려는데 손가락이 덜덜 떨려 잘 눌리지 않았다. 대신 선린은 접착 메모지를 꺼내 들었다.

여긴 폐쇄될 거야. 빨리 나가야 해.

선린은 삐뚤빼뚤한 글씨를 그에게 보여줬다. 미간에 주름을 잔뜩 띄우며 메모지를 응시하던 아진은 다시 휴대 전화를 두들겼다.

폐쇄?

아무도 벗어날 수 없을 거야.

선린이 새로운 메모를 아진의 눈높이에 맞춰 들이밀었다.

아진은 턱을 괴고 생각에 잠겼다.

선린은 바닥에 털썩 주저앉았다. 하루에 두 번이나 추락사를 목격했다. 아무리 의사라 해도 쉽게 감당할 수 있는 일이 아니었다. 가슴이 콩닥콩닥 뛰는 중에도 머릿속은 복잡했다. 신경과학과 레지던트의 말이 골속을 맴돌았다. 그가 남긴 말이 무슨 뜻인지 되씹었다. 관자놀이가 저렸다. 선린은 그 말을 믿어야 할지 확신이 서지 않았다. 그렇다고 해서 당장 병원을 나갈 수 있는지도 알 수 없었다. 시체와 발작 환자로 가득한 로비를 뚫을 자신도 없었다. 길을 잃은 기분이 들었다. 선린은 두 손으로 머리카락을 움켜잡았다.

난 여기 있어야 해.

휴대 전화에 아진의 메시지가 떠올랐다. 선린은 눈을 동그랗게 뜨고 아진을 바라봤다. 아진의 손은 바삐 움직였다.

말 오염도가 임계치를 넘은 과정을 남김없이 기록해야 해. 말을 잃었을 때의 행동을 보면 '정신 알갱이'를 만들 단서를 얻을 수 있을 거야. 최 교수의 진료에서 얻지 못한 단서를 여기서 확보할 수 있을 거란 말이지. 그들의 행동 하나하나에는 분명 이유가 있어. 난 여기 남아야 해. 남아서 연구를 이어가야 해.

선린의 입이 떡 벌어졌다. 접착 메모지에 글씨를 쓰다 말고 집어던졌다. 자리에서 일어나 치료실 소파 옆에 놓인 접이식 실리콘 키보드를 거칠게 펼쳤다. 치료실 한쪽 벽에 텍스트 창을 띄웠다. 벽에 띄워진 창은 흐렸다.

네 생각은 매우 흥미로워. 연구할 가치가 있다는 것도 인정해. 인간이 음성이나 문자, 행동에 기반한 소통 체계를 영원히

유지할 것이라고 주장하는 게 오히려 이상할 수 있어. 하지만 이건 '말의 종식' 같은 게 아니야. 이걸 봐야 하는 누군가를 위해 준비된 것도 아니고 누구든 이 현상을 보며 즐거워해서도 안 되는 거야. 우리가 일상적으로 쓰는 언어 체계를 방해하는 질병이 퍼지고 있잖아. 이건 재앙이야. 하늘이 네게 내려준 계시가 아니란 말이야.

아진은 팔짱을 낀 채 문을 바라봤다. 그의 표정은 변하지 않았다. 선린은 동의를 요구하는 의미로 자판을 세게 두들겼다.

여기서 일어나는 일은 바이러스 때문이야. 우리가 알지 못하는, 혹은 안다고 생각했던 어떤 바이러스가 사람에게 이상 행동을 일으키는 거라고. 바이러스에 감염된 환자가 흥분하거나 갑자기 질주하는 사례는 과거에도 보고된 바 있어. 비말에 섞인 바이러스가 공기 중에 떠돌다가 다른 인간에게 들어가는 걸 거야. 그 기폭제가 현상적으로는 말로 보일 뿐인 거야. 말 오염도라는 비과학적인 견해를 지금 들이대서는 안 돼. 어떻게 감염을 피할 수 있을지에만 집중해도 이미 너무나도 벅찬 상황이야. 당장 살길을 찾아야 해.

선린은 이어 방금 1년 차 레지던트에게 들은 말을 치려고 했다. 그러다 화들짝 놀랐다.

"말 속에 바이러스가 있구나!"

아진이 마스크를 내리고 육성을 뱉었기 때문이었다. 아진은 무언가 깨달은 듯 두 눈을 반짝였다.

"국어 음운론 말음법칙에는 대립하는 음소들이 특정 환경에서 대립을 상실하는 중화라는 현상이 있어. '잎도'는 [입도]로, '잎만'은 [임만]으로 발음되는 것처럼 받침 피읖은 디귿이나 미음에 중화되면서 두 자음 간의 대립이 상실되는 거지.

꼭 발음에서부터 온 현상은 아닐 수 있지만, 어떤 메커니즘이든 간에 이곳, 로지먼트종합병원의 말 오염도가 임계치에 다다른 거야. 변질된 의미를 사용하면서 공기 중에서 언어가 중화된 거지. 답답하고 서럽고 괴로운 감정들이 모이는 병원이란 공간은 이를 촉발하기 위한 완벽한 조건을 갖췄어. 저 사람들이 내뱉은 말은 공기와 닿는 순간 중화되면서 완전한 무無의 상태로 전환됐어. 원시적으로 전락한 말, 소통을 할 수 없는 언어, 그로 인한 무질서의 발현. 이게 바로 말의 종식이 아니고 뭐겠어!

너는 이 현상을 바이러스에 중점을 두고 보고 있어. 하지만 나에게 바이러스는 단지 현상의 매개체야. 이건 관점의 차이야. 너와 나의 의견은 본질적으로 다르지 않아."

아진은 아주 열정적으로 말을 뱉으면서도 마스크를 만지작거렸다. 말의 종식을 말로 설명하는 게 신경 쓰이는 것 같았다. 그러는 아진의 말을 듣는 동안 선린은 두 손으로 이마를 감쌌다.

바이러스는 DNA나 RNA 게놈에 단백질 껍질로 구성된 물질이다. 물질이란 건 소리로 전달될 수 없다. 또한 숙주 세포가 없으면 증식하지 않는다. 즉, 아진의 말은 개소리였다.

아진은 말 속의 바이러스가 소리를 타고 날아가 공중에서 중화를 일으킨다고 주장했다. 어떤 물질이 중화 반응을 일으키는 것인지, 무의 상태로의 전환은 무슨 개념인지, 정확한 정의를 본인도 모르면서 말이다. 하나부터 열까지 바이러스에 대한 상식이라곤 찾아볼 수 없는 이런 비과학적이며 지극히 관념론적인 아진의 견해에 선린은 고개를 떨굴 수밖에 없었다.

선린이 보기에 아진은 본인이 무슨 말을 하고 있는지도 모르는 상태였다. 기껏 침묵의 벽을 깨고 나와놓고서는, 자신의 주변에 괴이한 모양의 성벽을 쌓는 격이었다. 선린은 이대로는 아진을 설득하는 게 불가능하다고 직감했다. 모종의 좌절감을 느낀 선린은 몸을 부르르 떨었다.

선린이 손가락을 꿈지럭거리는 와중, 아주 경쾌한 노래가 병원 전체를 울렸다. 억지로 분위기를 띄우려는 듯한 커다란 소리가 공기를 찢었다. 선린은 두 손으로 귀를 틀어막았다. 그러나

소리를 차단할 수는 없었다. 아진은 치료실에 있는 1인용 소파에 등을 기대 누웠다. 무슨 계시를 받은 사람처럼 여유롭고 또 차분한 모습이었다. 노래가 끝나자 익숙한 목소리가 나오기 시작했다.

"안녕하세요. 여러분. 닥터 로지먼트입니다. 오늘도 즐거운 하루 보내고 있으신가요."

로지먼트 박사는 이 병원의 창립자다. 그는 중추 신경 교란 증후군이라는 희소병으로 별세하면서 자신의 사고 인격 데이터를 병원 가이드 소프트웨어에 넣어달라는 유언을 남겼다. 로지먼트 소프트웨어는 가끔 이런 식의 방송을 통해 우리에게 '그'의 '말'을 전하곤 했다. 닥터 로지먼트의 중후한 목소리가 오늘따라 유난히 쩌렁쩌렁 울렸다.

"현 시간부로 방역 연합의 요청에 따라 로지먼트종합병원을 영구 폐쇄합니다. 모든 문은 영구 잠금 조처됐습니다. 문밖에는 방역 연합이 차폐벽을 설치했습니다. 병원은 지하와 지상으로부터 완전히 격리됐습니다."

귀를 막았던 선린은 믿을 수 없다는 표정으로 두 손을 내렸다. 아진은 이 모든 소리를 들으면서도 미동 하나 없었다. 감긴 눈은 뜨이지 않았다.

"방역 연합이 경고했습니다. 저항하지 마세요. 인류를 위한 불가피한 조처입니다. 제 프로그램은 방역 연합을 따를 수밖에 없지만 그럼에도 여러분들에게 행운이 있길 빌겠습니다."

로지먼트의 목소리가 꺼졌다. 아진은 벌떡 일어섰다. 선린은 바로 마스크를 내리고 목소리를 내서 물었다.

"생각 바뀌었어?"

"아니."

그의 대답은 결연했다. 하지만 선린의 의지 또한 굳건했다.

"나랑 함께 신경과학과 의국으로 가자. 거기서 단서를 찾을 수 있을지도 몰라. 같이 나가야지."

선린은 아진의 허리띠를 붙잡았다. 하지만 아진은 살며시 힘주어 선린의 손을 허리에서 뗐다. 그의 눈빛은 입을 닫은 지난 2년과 달리 다부졌다. 아진이 활력을 찾은 건 반가운 일이 었으나 선린에게 이 상황은 달갑지 않았다. 선린은 한 번 더 말했다.

"나랑 같이 가."

"방금 못 들었어? 아무도 나갈 수 없다잖아."

"…길은 언제나 있어."

선린은 더듬더듬 말했다.

아진은 입술을 벌리려다 말고 회색 후드를 뒤집어썼다. 후드 앞으로 삐져나온 두꺼운 입술은 파랬다. 아진은 언어 치료실 문을 벌컥 열고 나갔다. 선린은 그의 당당한 뒷모습을 바라봤다. 철문이 쿵, 하고 닫혔다.

*

선린이 아진의 쪽지를 받은 건 언어학 공부를 그만둔 직후였다. 쪽지에는 '당신의 파롤을 통한 우리 둘만의 랑그'라는 글이 적혀 있었다.

프랑스어인 파롤^{parole}은 발음되는 언어를 뜻한다. 랑그^{langue}는 파롤을 가능하게 해주는 공인된 체계다. 언어 뜻에 대한 사회적 약속이 없으면 상대가 이해할 수 있는 발음은 불가능하다는 것이다. '당신의 파롤을 통한 우리 둘만의 랑그.' 아진이 말하려는 건 우리 둘만의 언어 세계를 만들어 가자는 것이었다.

이 문장의 은유를 알아챈 선린은 쪽지를 툭 떨어트렸다. 몸서리가 나려는 걸 간신히 참았다. 선린은 아진이 자신에게 관심을 보인 이유가 궁금하지 않았다. 아진의 앞에서 차마 쪽지를 찢지 못하는 걸 한탄하며 올려다보는데 빨간 입술이 눈에 확 들어왔다. 벌겋게 달아오른 아진의 입술은 어찌할 줄 몰라 옴짝달싹했다. 저 파르르 떨리는 벌건 입술을 통해 선린은 아진의 진심을 봤다. 노천카페 탁자에는 노을이 닿았다.

이렇게 얘기하면 선린의 친구들은 징그럽다고 욕했지만, 진심이었다. 선린은 아진의 말보다는 입술을 좋아했다. 그리고 그 입술은 움직일 때 가장 아름다웠다.

다시 말하기 시작한 아진의 입술은 예전만큼 빨갛지 않았다. 심지어 아진은 선린을 치료실에 혼자 두고 떠났다.

선린은 벽에 떠 있는 파란 창을 보며 생각에 잠겼다.

누구나 언제든지 바이러스에 감염될 수 있다. 감염되면 말이 사고 체계대로 작동하지 않는다. 사고 체계가 교란되면 행동을 통제할 수 없게 된다. 그렇다면 아진이 한 말 역시 논리적 사고에서 온 게 아닌 쓰레기 같은 허튼소리일 수 있지 않은가. 무엇이 논리적 사고이고 어떤 것이 충동적 헛소리인지 구분할 수 있을까. 아진은 이미 미쳐버렸고 드러나는 양태만 타인과 다른 거라면?

헛헛한 웃음이 입가를 타고 흘러나왔다. 선린은 여전히 키보드에 손을 올린 채 창을 바라보고 있었다. 창에는 비읍이 끝없이 써지고 있었다.

핏기가 사라진 아진의 입술. 그것이 다시 붉게 타오를 때는 아마 오지 않을 것이다. 그렇게 생각하자 선린은 그의 모든 게 싫증 나기 시작했다. 뭐 하러 여태 아진을 걱정했으며 왜 그가 예전처럼 돌아오기를 바랐는지 더는 알 수 없어졌다. 아진은 선린의 지난 노력을 알아주지 않았다. 죽음에서 부활이라도 한 것처럼 선린을 두고 나가버렸다. 영웅 심리에 도취한 걸 장황한 말로 포장하면서. 아진의 대단한 사명은 선린의 안위와 목숨보다 중요했다.

분노와 혐오를 섞은 욕설이 선린의 내면에서 부글부글 끓었다. 선린은 뜨거운 욕설을 내뱉고 싶은 충동을 느꼈다. 한번 뱉으면 멈출 수 없다. 그러면 이상 행동에 빠지게 된다. 선린은 손가락으로 입술을 꿰매듯 꼬집었다.

얼마나 세게 눌렀을까. 시간은 얼마나 지났을까. 붙잡은 입술 주변이 얼얼했다. 벌에 쏘인 것 같은 통증이었다. 반면, 끓어오른 감정은 천천히 가라앉았다. 선린은 손가락 힘을 풀었다. 고개를 뒤로 젖히고 입술의 화끈거림이 가라앉기를 기다렸다.

아진을 향한 분노가 진정되자 선린은 차분히 생각할 수 있었다. 자신이 느낀 것이 내면에서 우러나온 솔직한 감정인지 모호했다. 나의 학업을 경제적으로 지원해 주고 시각과 육체를 만족시켜 준 아진을 이토록 혐오한다고? 입술이 파래졌다는 이유로?

선린은 3층 복도에서 로비로 몸을 날린 레지던트의 말을 떠올렸다.

'나는 늦었어. … 격리제로 여기를 막아야 해.'

선린은 곱씹을수록 자신도 감염되었고, 증상은 발현 중이란 걸 확신했다. 요 마스크 하나로 이 참상을 일으킨 바이러스를 막아왔다는 게 더 말이 되지 않았다.

'격리제.'

1년 차가 던진 이 단어가 선린의 이마 주변을 뱅뱅 돌았다. 신경과학과 의국에 가야 한다는 강한 의지가 선린을 뒤덮었다.

'의국에서 신 선생의 데이터를 샅샅이 살펴야 한다. 신 선생은 치프나 과장의 주요 데이터도 가지고 있을 것이다. 데이터 안에서 이것의 진행을 막는 단서를 찾아야 한다.'

선린은 허벅지와 정강이에서 힘이 솟는 걸 느꼈다. 근육이 불끈불끈 튀어 올랐다. 지금 달리면 의국까지 한달음에 달려갈 수 있을 것 같았다. 질주하고 싶은 욕망이 들끓었다.

*

치료실을 나선 아진은 휴대 전화 단말기를 머리 위로 던졌다. 드론형으로 변신한 단말기는 360도 촬영을 시작했다.

아진은 곧장 주사실로 향했다. 주사실 문 앞에는 간호사와 환자가 서로를 부둥켜안은 동시에 밀고 있었다. 간호사는 환자의 팔에 규칙적으로 주사를 찔렀다. 환자는 팔을 뻗고 구부리기를 반복했다. 아진은 이 둘을 스치고 진정제를 챙겼다.

내시경실은 전원만 들어와 있을 뿐 사람은 없었다. 그 옆 회복실에 누운 환자들은 끊임없이 중얼거렸다. 직장 상사나 동료, 시부모와 처가, 형제자매, 남편과 아내, 정치인과 관료를 헐뜯는 내용이었다. 드론형 단말기는 아진의 머리 위에서 환자들을 촬영했다. 아진은 수면유도제가 든 주사기 두 개를 후드 티앞주머니에 넣었다.

복도 사람들은 바닥을 뒹굴거나 같은 자리를 맴돌았다. 증상이 발현된 지 꽤 지난 이들이었다. 에너지를 대부분 소모한 발병자들의 움직임은 둔했다. 아진은 고개를 숙인 채 흐느적흐느적 걸으며 이들과 섞였다가 자연스럽게 빠져나갔다.

로비 정문 밖으로는 높이가 3미터 정도 되는 벽이 세워져 있었다. 소재는 철인지 콘크리트인지 구분이 되지 않았다.

로비 의자에 쌓인 사람 더미는 꿈틀거렸다. 밀면 그대로 와르르 무너져 내릴 것만 같았다. 위태로워 보이는 모습과 달리더미 안은 조용했다. 아진은 귀를 기울였으나 들리는 건 지독한 침묵뿐이었다. 더미 곁에 있는 사람의 동공은 눈꼬리 쪽에서 흔들거렸다. 아진은 이 눈들과 눈을 맞추지 않았다.

회전문 안에 들어간 휠체어는 멈췄다. 키오스크와 벽 사이에 낀 환자는 움직이지 않았다. 기둥 앞에 누운 경비의 다리는 떨리지 않았다.

드물게 환자복을 입은 이가 링거 튜브를 바닥에 질질 끌며 널브러진 사람들 사이사이를 지나갔다. 링거 튜브가 어느 사람 다리에 걸리니 환자는 원을 그리며 회전하다 넘어졌다. 고요가 깃든 로비의 상공을 샹들리에가 천천히 부유했다.

입원실 환자들은 어김없이 창가 쪽 구석에 몰려 있었다. 뜯긴 병실 커튼은 환자 위에 덮여 있었다. 커튼이 바람에 들춰질 때마다 뒤틀린 손이 보였다.

중환자실 환자들은 꺼져가는 생명을 붙잡고 침대에 누운 채 하염없이 중얼거렸다. 회한, 후회, 원망, 증오, 분노, 한탄, 저주가 말 속에 깊이 배어 있었다. 이들의 양쪽 동공은 따로 움직였다.

닫힌 수술실 문틈에는 진한 핏물이 고였다. 그 안에서 무슨 일이 일어났을지 보지 않아도 알 거 같았다. 아진은 수술실 문을 밀었다. 잠시 안을 들여다본 뒤 천천히 문을 닫았다.

아진은 간혹 멀쩡해 보이는 사람과 마주쳤다. 그러나 그들은 어떠한 정보도 교류하지 않았다. 대신 입과 귀를 가린 채 아진을 피해 달아나기 바빴다. 아진은 그들을 쫓지 않았다.

종합재활의학과 앞에는 아진의 담당 의사인 최 교수가 서 있었다. 교수의 오른쪽 눈은 눈꼬리에 붙어 있었으나 왼쪽 눈의 동공은 가운데서 흔들거렸다. 그는 허연 천장에 손을 휘두르며 나지막이 옹얼거렸다. 아진은 최 교수에게 천천히 다가섰다.

"왔냐."

최 교수는 아진을 바라보며 말했다. 주변을 식별하는 인지가 남아 있었다.

"너, 너, 너 같은…."

최 교수가 팔을 휘두르는 속도는 점점 빨라졌다. 그의 고개는 위아래로 흔들거렸다.

"너는 언어 재활이 필요 없어. 재활이 필, 필요한 일, 일시적 장애가 아니라 그저 닥치고 있는 걸 자기 위, 위안의 수단으로 삼은 거지. 자신은 어떤 거든 간에 특별한 존재가 되어야만 한다는 그 알량한 자, 자존심. 인정받지 못하는 것을 인정할 수 없는 그 치졸함! 너, 너 같은 새끼는 병원에 올 필요가 없어. 선린 선생님 부, 부탁만 아니었어도 너 같은 건 내, 내 당장 쫓아낼 것인데…."

최 교수는 아진을 볼 때마다 입술을 위쪽으로 일그러뜨렸다. 그의 오른쪽 홍채는 위아래로 요동쳤다. 아진이 최 교수의 적의를 대면한 건 처음이었다. 하지만 아진은 자리를 피하지 않았다. 그는 최 교수의 말 전부를 끝까지 마주했다.

"선린이 아깝지. 불리하면 골방에 숨어 들어가기나 하는 소, 소인배를 챙기느라 자기 것도 못 찾아 먹고 말이야. 말, 말의 종식? 웃기고 있네. 너, 너나 사라지지 그래? 그게 선린을 위해, 세상을 위해 이, 이로운 일인 걸 모르나?"

최 교수는 킥킥댔다.

아진은 최 교수의 말을 맞받아치고 싶은 충동을 느꼈다. 그의 내면은 최 교수가 뱉은 것보다 더한 인신공격을 위한 문장을 만들었다. 문장이 완성되자 사고가 확립되었다. 당신을 말려 죽일 정도로 비방하겠다는 의지는 굳세졌다.

아진은 자신도 모르게 마스크를 투명화 모드로 전환했다. 그의 입술이 서서히 벌어졌다. 그 순간, 아진은 앞니로 혀를 꽉 깨물었다. 벌건 피가 입술을 적시고 내려가 마스크에 스며들었다. 고통이 머릿속을 환기했다. 그는 자신의 사명을 떠올렸다.

아진은 본인의 입에서 뱉어지려는 말을 중화 현상의 단서라고 생각했다. 자신의 거친 언어로 상대의 오염된 언어를 중화시켜 모든 말의 의미를 사라지게 하는 과정. 아진은 손가락을 튕겼다. 말의 종식 과정에 자신도 모르게 참여하고 있었다는 걸 깨달았기 때문이었다. 아진은 이 과정을 거부할 생각은 없었다. 하지만 연구를 끝맺을 시간은 필요했다.

최 교수는 아진을 향해 지껄이는 걸 멈추지 않았다. 아진은 꾹 참으며 교수에게 다가가 그의 어깨에 진정제를 놓았다. 약효가 돌 때쯤 최 교수가 천천히 의자에 앉았다. 드론형 단말기는 최 교수를 클로즈업했다.

최 교수의 정신과 근육은 서서히 이완되었다. 입술 움직임은 느려졌다. 아진은 최 교수의 말소리에서 의미가 사라지기를 기다렸다. 잠시 후 최 교수는 의미를 알 수 없는 소리를 내뱉기 시작했다.

아진은 최 교수를 노려보며 정신 알갱이를 보냈다. 아니, 보낸다고 생각했다. '정신 알갱이'는 아진이 구상한 언어가 사라진 세상에서 의사를 전달하는 새로운 방식이다. 이 구상은 정신을 이루는 알갱이가 존재할 것이란 가정에서 시작했다.

라이프니치의 단자론에 따르면 자연은 영혼을 포괄하는 개념이자 사물의 요소인 단자Monad로 구성되어 있다. 아진은 이를 토대로 정신이 언어를 인식하기 직전 단계는 알갱이의 형태일 거라고 사고했다. 이 알갱이는 형식적인 언어 형성을 의식하지 않는다. 기호의 속박에서 벗어난 개념이니 왜곡이 일어날 수가 없다. 정신 알갱이는 자연을 이루는 요소이므로 타인에게 전달하기 위한 매개체가 필요치 않다.

아진에게 이 상황은 지금까지 구상해 온 정신 알갱이 개념을 실현할 기회였다. 그러니 아진은 이 기회를 충분히 이용할 생각이었다. 그러기 위해선 감정을 죽여야 했다. 거추장스러운 것들을 치워야 했다. 아진은 머리 양옆을 손바닥으로 찰싹 때렸다. 미간과 콧등을 있는 힘껏 구겼다. 그는 말 오염도가 임계치를 넘은 지금의 환경이라면 정신 알갱이가 활성화될 수 있을 거라고 판단했다. 드론형 단말기가 최 교수와 아진 사이를 빙빙 돌았다.

아진은 알갱이의 메시지를 바꿀 때마다 최 교수의 중얼거리는 톤이 달라진다고 느꼈다. 최 교수는 빠른 속도로 중얼거리다 느리게 웅얼거렸다. 높은 어조로 종알대다 낮은 톤으로 우물거렸다. 이 소리는 입에 든 죽을 삼키지 않고 혀로 요리조리 돌릴 때 나는 것과 비슷했다. 아진은 손뼉을 마주쳤다. 이를 잘 수집해서 분석하면 정신 알갱이의 존재를 증명할 수 있을 것이란 희망이 꿈틀거렸다.

그 순간 최 교수가 눈을 뜨더니 와락, 소리 질렀다. 그러고 나서 낄낄거렸다.

"속았지?"

동공이 오락가락하는 최 교수는 웃음을 멈추지 않았다.

'미친 새끼.' 아진의 눈에 의자 밑에 놓인 목발이 들어왔다.

아진은 목발을 가로채듯 집어 들었다. 그는 목발을 최 교수의 머리를 향해 휘두르고 싶었다. '그래선 안 된다. 하지 말자.' 아진의 이성이 뒤에서 외쳤다. 아진의 감정도 그것에 동의했다. 그럼에도 아진은 목발을 높이 쳐들었다. 기어코 휘두르려 할 때, 진료실 철제 셔터가 올라갔다. 그 안에서 휠체어가 스르르 굴러나왔다. 제이였다.

아진은 종합재활의학과 진료실에서 제이를 몇 번 마주쳤다. 건설 현장 추락 사고로 경추와 뇌 손상을 입은 그는 오른쪽 신체 마비와 함께 발화음 장애를 가졌다.

"므으…."

제이는 경직된 손을 좌우로 흔들었다. 아진은 제이가 무슨 말을 하는지 정확히 이해했다. 하지만 목발을 놓지 않았다. 아니, 오히려 더 높이 들었다. 시선은 계속 제이에게 박힌 채였다. 그러자 제이는 왼손으로 휠체어를 잡고 일어나더니 절뚝이며 벽을 짚고 섰다. 제이의 오른쪽 다리에 붙어 있는 보조기의 모터에서 윙윙거리는 소리가 났다. 보조기 무릎 부분에서는 빨간 빛이 반짝거렸다. 제이는 천천히 다가왔다. 어느새 아진과 최 교수 사이에 섰다. "므으." 제이는 말을 멈추지 않았다. 제이는 엉거주춤하게 서서 아진을 똑바로 바라봤다. 제이의 눈을 본 아진은 목발을 천천히 내렸다.

아진은 자신의 사고 체계가 무언가로부터 장악되고 있다는 걸 알아챘다. 감정의 생성과 생각의 논리가 따로따로 작동했다. 속으로는 참자고 했는데 팔은 어느새 상대를 때리려 했다. 아진은 목발로 최 교수의 머리를 박살 내고 싶었다.

그런데 제이는 예전과 다른 게 전혀 없어 보였다. 행동과 표정이 따로 놀지 않았다. 그가 낼 수 있는 소리와 할 수 있는 행동 간 정합성은 이전 그대로였다. 그가 나왔던 진료실 안에서는 간호사 두 명이 엎드린 채 중얼거리고 있는데 말이다. 이 공간에 자신의 의지대로 행동하는 자는 제이뿐이었다.

"그런가!"

아진의 입에서 탄성이 터졌다. 아진의 이론인 말의 종식이 계시가 되려면 예외는 존재하지 않아야 했다. 말이 종식을 겪는 과정에 속도 차이는 있을 수 있으나 배제된다는 예외는 없어야 했다.

그런데 그 예외가 눈앞에 나타났다. 그것도 뇌 손상을 입고서 말이다. 제이는 좌우로 천천히 걸으며 손을 흔들었다. 그가 내는 소리는 의사가 담긴 명백한 언어였다.

아진은 생각했다. 말 오염도가 임계치를 넘으면 언어의 골격이 무너진다. 장애인, 비장애인 구분 없이 모든 인간이 소통 불가로 수렴되어야 한다. 하지만 이미 손상된 뇌는 말 오염도에 영향을 받지 않았다. 그 어떤 징후도 보이지 않았다. 그렇다면 관념의 영역인 '말 오염도'가 아닌 실재하는 바이러스가 이 사태의 원인인가? 이미 손상된 뇌가 바이러스 감염을 막은 것일까? 그렇다면 선린의 분석이 맞는 것인데. 왜 나는 선린의 의견을 무시한 거지. 선린을 홀로 남겨둔 이유는 무엇이지. 선린, 선린은 어디에….

아진은 뒤통수를 세게 얻어맞은 기분이 들었다. 이제야 더듬더듬 주변을 둘러봤지만, 선린은 없었다. 아진은 덩그러니 홀로 남겨진 선린의 마지막 모습을 생각했다. 아진의 턱이 덜덜 떨렸다.

아진은 목발을 의자 밑으로 던졌다. 뒷걸음질 친 아진은 머리 위에 떠 있는 단말기를 잡아챘다. 영상 녹화는 끊겼다. 아진은 개의치 않고 선린의 위치를 찾기 시작했다. 병원에 경쾌한 노래가 흐르기 시작했다.

*

치료실을 나온 선린은 동쪽 병동 옆 5층에 있는 신경과학과 의국으로 내달렸다. 선린을 스치는 모든 참상이 시야 가장자리에 걸렸지만, 시선 정중앙에는 오직 의국만을 두었다.

선린은 신경과학과 의국 문을 박차는 걸 망설이지 않았다. 안에는 아무도 없었다. 여기저기 걸려 있는 가운은 얼룩덜룩했다. 2층 침대에 놓인 베개와 이불에는 누런 얼룩이 묻었다. 책상 위 서류에는 말라버린 면발 찌꺼기가 똬리를 틀었다. 의자는 바닥에 나뒹굴었다.

선린은 어지러운 의국을 샅샅이 뒤져 데이터 저장 기기들을 긁어모았다. 침대에 놓인 태블릿, 책상 한쪽 구석을 차지한 노트북, 의자 위에 있던 찌부러진 휴대용 단말기를 차근차근 살폈다. 노트북에서 천천히 볼 만한 자료를 발견했다. 폴더명 뒤에 'SIN'이 붙은 것들이었다. 신 선생의 폴더였다. 선린은 넘어진 의자를 일으켜 세우고 제대로 앉았다.

'바이러스와 음향음성의 상관관계.'

폴더 안에는 나노미터 단위 촬영 동영상과 텍스트 파일이 들어 있었다. 동영상에는 신원 불명자의 뇌 속에 있는 타원형 모양의 바이러스가 촬영되어 있었다.

도드라진 빨판이 달린 20나노미터 크기의 바이러스는 중추신경을 숙주세포로 삼았다. 증식을 시작한 바이러스는 좌반구 전두엽 내에 있는 브로카 영역과 좌반구 뒤쪽에 있는 베르니케 영역으로 확장했다. 브로카 영역은 언어 발화, 베르니케 영역은 언어 이해에 관여하는 부위다. 이곳이 손상되면 언어를 이해하고 말하는 데 문제를 겪을 수 있다. 특이한 점은 이 바이러스는 브로카, 베르니케 영역과 두 곳의 연결 중추만 점유할 뿐 다른 부위로는 퍼지지 않았다는 것이다.

신 선생은 이 바이러스의 이름을 '로지먼트 프리퀀시'로 지었다. 파일명 끝에 로지먼트 프리퀀시를 뜻하는 'LF'가 붙어 있는 것들이 많았다. 명명의 배경은 폴더를 여덟 번쯤 열고 들어가서야 찾을 수 있었다.

로지먼트 프리퀀시는 음파 에너지에 반응한다. 인간이 발화하는 음파의 진동수가 활성 조건을 충족하면 바이러스는 번식을 시작한다. 바이러스 활성화로 인한 초기 증상은 이와 같다.

A. 질문은 이해하지만, 발화 기능이 훼손됨.

B. 발화 기능에는 문제가 없으나 질문에 알맞은 답을 말하지 못함.

C. 질문을 이해하지 못하며, 발화 기능에도 문제가 있음.

증상이 진행되어 사고 체계가 교란되면 운동 능력을 제어할 수 없게 된다. 이유 모를 질주, 비틀거림, 제자리에서 맴돌기, 각인된 행동의 반복… 이 모든 게 로지먼트 프리퀀시로부터 시작되었다.

바이러스의 이름은 최초 발생 또는 발견 지역 이름을 따는 관행을 따른다. 선린은 나머지 파일들을 연달아 열었다. 다양한 음파를 바이러스에 보내면서 활성 조건을 찾는 실험 영상들이었다. 바이러스는 주로 고주파 음성에 반응했다.

흥미롭지 않은 내용은 아니었으나 한 가지 의문이 남았다. 이 바이러스는 어디서부터 비롯된 것인가. 파일 끄트머리에는 신 선생이 끄적여 놓은 가설이 적혀 있었다.

이 바이러스는 마치 뇌의 일부 같다. 새로 출현한 게 아니라는 뜻이다. 헤르페스 바이러스처럼 잠복 상태로 존재한다. 내 생각에 로지먼트 프리퀀시는 애초부터 인체와 함께했다. 태어날 때부터, 또는 수정란 때부터, 아니면 아주 먼 옛날부터 로지먼트 프리퀀시는 인간을 숙주로 삼았던 거다.

로지먼트 프리퀀시는 큰 음성에 민감하게 반응했다. 그렇다면 우리가 조성한 환경 조건이 이 바이러스의 활성 수치를 임계치에 이르게 한 것인가? 잠복 바이러스가 증식을 시작한 계기는 오직 인간이 제공한 걸까? 로지먼트 프리퀀시는 우리에게 언어의 끝을 안겨주는 선물이자 재앙인 것만 같다.

후배들과 이 바이러스의 연구를 계속 진행해야 할지, 아니면 이 믿을 수 없는 사실을 덮어버려야 할지 판단이 서지 않는다. 이것의 발견은 우리에게 도대체 무슨 의미일까.

공동진료 때 눈인사를 건넨 게 전부인 사이였지만 선린은 신 선생을 볼 때마다 그의 눈에 고뇌가 어려 있는 걸 어렵지 않게 알아챘다. 축 처진 눈썹과 흐리멍덩한 눈빛은 그가 가슴 속에 고통을 품고 있다는 걸 숨기지 않았다. 그 모든 게 이 바이러스 로부터 비롯된 거였구나. 선린은 안타까운 마음에 한숨을 쉬 었다.

선린이 정신없이 폴더를 뒤지고 있는데 옷걸이에 걸려 있던 가운이 바닥에 떨어졌다. 선린은 고개를 돌렸다. 인기척은 없었 다. 등골이 서늘해졌다. 마치 등 뒤에서 누군가가 함께 이 자료 들을 보고 있는 것만 같은 섬뜩한 기분이 들었다. 누군가. 문득 또 다른 생각이 떠올랐다.

말 속에 바이러스가 들었다고 한 아진의 주장은 일리가 있 었다. 바이러스는 말이 아니라 뇌에 있긴 했으나, 이 바이러스 를 활성화하는 환경 조건은 아진이 말한 대로였다. 로지먼트 프 리퀀시는 잠복 바이러스이므로 비말 감염과는 무관했다. 비록 말이 곧 바이러스라는 아진의 주장은 자료와 일치하지 않았지 만, 언어가 이것의 확산에 모종의 역할을 한다는 그의 통찰은 들어맞았다.

선린은 아진을 비난한 것에 대한 미안한 감정을 느꼈다. 그에게 사과하고 싶은 마음이 차올랐다. 당장 아진을 보고 싶었다. 두 손으로 아진의 볼을 붙잡고 눈을 맞춘 채 말하고 싶었다. 아니, 말없이 쳐다보기만 해도 서로 간에 쌓인 불신과 오해가 녹아내릴 것만 같았다. 선린의 마음은 차분해졌다. 손으로 뺨을 감쌌다. 아진의 체온이 상상되었다.

고개를 흔든 선린은 격리제 정보를 알아내기 위해 다시 노트북을 들여다봤다. 이때 문에서 쾅, 소리가 났다. 문고리가 덜컹거렸다. 누군가 무거운 도구로 문고리를 내려치고 있었다.

선린은 기기에 '로지먼트 프리퀀시'와 '쿼런틴*'을 검색어로 넣고 눈을 바삐 돌렸다. 서쪽 병동에 있는 약물재활연구센터에 격리제를 위장 보관하고 있다는 내용을 읽은 순간 문고리가 떨어졌다. 문고리가 떨어지며 생긴 구멍을 통해 한쪽 눈이 안을 들여다봤다. 이 눈의 동공은 눈꼬리 쪽으로 기울어져 있었다. 문은 열리기 직전이었다.

선린은 전공 서적이 가득한 책장을 문 앞에 쓰러뜨렸다. 그 앞에 소파를 밀었다. 등을 소파에 바짝 붙였다.

들어오려는 자는 가쁜 숨을 몰아쉬었다. 이자는 어깨로 문을 밀었다. 책장이 밀렸다. 문고리 구멍을 통해 다시 눈이 보였

* Quarantine. 전염병 확산을 막기 위한 동물 혹은 사람의 격리를 의미하는 단어.

다가 사라졌다. 그 동공은 흔들리고 있었다. 선린은 공포를 떨쳐내고 온몸으로 진입을 저지했다. 이자는 다시 한번 어깨로 문을 세차게 쳤다. 책장에 끼어 있던 의학전공 서적들이 소파 위로 쏟아졌다. 책 모서리가 선린의 머리를 때렸다. 선린은 아파할 새도 없이 다음 공격에 대비하기 위해 다리에 힘을 꽉 줬다. 저자의 목적이 무엇인지 명확히 알 순 없었으나 문이 열려서는 안 된다는 건 온몸으로 느낄 수 있었다.

문밖의 숨소리는 점점 거칠어졌다. 숨소리는 하나에서 둘로 늘었다. 알아들을 수 없는 중얼거림들은 점점 커졌다. 저들이 하는 건 각인된 행동의 반복이었다. 혼자 있는 여자에게 하려는 각인된 행동임을 선린은 직감했다.

선린의 온몸에 소름이 돋았다. 문은 서서히 열리고 있었다. 엉덩이와 손바닥이 바닥에 질질 끌렸다. 문틈 사이를 비집고 거친 숨소리가 들어왔다. 선린은 숨이 차 마스크를 내렸다. 눈은 질끈 감았다.

갑자기 베이스 드럼과 하이햇 심벌즈의 박자가 딱딱 맞아떨어지는 경쾌한 연주가 병원에 울려 퍼졌다. 이어 베이스 기타와 다양한 관악기 음향이 곁들여졌다. 건반은 제일 뒤에 합류했다. 록 밴드 기반의 댄스곡이었다. 평소 같으면 어깨가 절로 흔들어졌을 것이다. 아까도 들렸던 그 노래. 로지먼트의 안내방송이었다.

"안녕하세요, 여러분. 닥터 로지먼트입니다. 오늘도 즐거운 하루 보내고 있으신가요."

선린을 밀던 문이 뚝 멈췄다. 거친 숨소리는 잦아들었다. 선린은 숨을 가늘게 내쉬었다.

"새로운 소식입니다. 앞으로 1시간 뒤, 이산화탄소를 병원에 주입할 예정입니다. 여러분의 뇌 활동을 정지시키기 위함입니다."

방금까지 선린이 들여다보던 디스플레이 옆에서 빛이 봉긋 솟아올랐다. 육각형 모양의 빛은 회전하며 반짝거렸다. 선린의 휴대 전화였다. 선린은 저 연락이 누구인지 알 것 같았다. 바로 받고 싶었지만, 책상까지는 거리가 있었다. 인기척은 멀어지지 않았다. 선린의 등은 문을 막고 있는 소파에 딱 붙어 있었다.

"이번에도 방역 연합의 요청에 따른 것입니다. 제 프로그램은 방역 연합의 요청을 따르게 되어 있습니다. 다만 냉각제용 이산화탄소의 온도를 올리는 시간은 1시간, 넉넉한 1시간으로 설정했습니다."

문을 미는 힘이 약해진 틈을 타 선린은 책상 쪽으로 몸을 날렸다. 휴대 전화를 잡아챈 뒤 소파에 다시 등을 붙이기 위해 전신을 뒤틀었다. 문고리 구멍에 바짝 붙은 눈이 선린을 쳐다봤다. 선린은 휴대 전화에 대고 비명을 질렀다. 아진에게 자신의 위치를 전송했다. 어깨들이 문을 세차게 밀었다.

"그럼, 행운을 빌겠습니다."

경쾌하고 신나는 음악 소리가 의국을 가득 채웠다. 문은 열렸다. 소파는 뒤집어졌다. 선린은 소파 밑에 깔렸다. 책상은 넘어졌다. 데이터 저장기기가 땅에 부딪히면서 쪼개졌다. 거친 숨소리는 음악과 한데 어우러졌다. 선린은 귀청이 찢어질 것만 같았다.

*

선린은 그렇게 눈에 띄는 사람은 아니었다. 전공인 언어학은 미련 없이 그만둘 정도로 흥미가 없었다. 당연히 수업도 많이 빼먹었다.

선린은 수업을 빼먹을 때면 한가로이 노천극장에 앉아 선선한 바람을 맞으며 지붕 위에 앉은 새들을 바라봤다. 새들은 지절거렸다. 할 말이 저렇게 많을 수가 있나. 눈을 감고 새소리에 귀를 기울였다. 저 새가 어깨 위로 날아와 말을 걸면 어떨까, 하는 상상을 하면서.

"수업 왜 빼먹었어?"

새가 묻는다.

"뭐, 재미없어서."

"재미없다고 빼먹으면 대학교는 왜 다녀?"

새가 날개로 부리를 문지른다.

"뼈만 때릴 거면 그냥 가줄래?"

이렇게 대화하면 노천극장에 앉아 있는 학생들이 관심을 기울인다. 그들은 우선 저 새가 무슨 훈련을 받은 앵무새냐고 물을 것이다. 복잡한 문법 체계를 갖춘 인간의 언어로 의사소통이 가능한 것을 확인하고 나서야 이 새는 사고와 정서를 가진 존재구나, 할 거다. 그러면서도 미심쩍어하겠지. 한발 더 나아가 어떤 속임수를 쓴 거냐고 대놓고 지적하는 이도 있을 것이다. 그럼, 어깨에 앉아 있던 새가 파드닥 날아올라 부리로 그 학생의 이마를 쪼며 "이 새끼야, 너나 공부 잘해"라고 말한다. 선린은 이 장면을 속으로 그리며 혼자 키득키득 웃었다.

선린은 빼먹은 수업이 끝날 때쯤이면 노천카페로 자리를 옮겼다. 넓은 광장과 아치형 석조 정문이 내려다보이는 자리에 앉아 따뜻한 커피잔을 손으로 감쌌다. 커피를 홀짝 마시며 광장으로 눈길을 돌렸다.

저고도 플라잉보드를 타고 광장을 가로지르는 갈색 비니 모자를 쓴 학생이 보였다. 뒤로 걸으며 인공혈액 제조 실험 참가자 모집 유인물을 나눠주는 사람은 플라잉보드와 가까워지는 걸 눈치채지 못했다. 둘은 충돌했고, 발라당 넘어졌다. 두 학생은 재빠르게 일어나 옷을 털고 옷매무새를 고쳤다. 이어 서로에게 사과하며 다친 데는 없는지 물었다.

플라잉보드는 고장 났는지 타던 학생이 떨어진 이후에도 홀로 날았다. 유인물은 바람에 나풀거렸다. 이들은 서로에게 다급히 인사한 뒤 찢어졌다. 한 명은 플라잉보드를 잡으려 뛰었다. 다른 한 명은 유인물을 줍다 말고 머리를 정돈하며 선린을 바라봤다. 선린은 이 시선을 피하려 고개를 숙였다.

땅에는 디스플레이가 있었다. 머리에 붕대를 감고 전신 부유 보조기를 타고 있는 아이의 모습이 나왔다. 이 아이가 해맑게 웃자 같은 캠퍼스인 의학교육원 응시 등록 마감일이 떴다. 이 숫자들 위로 낙엽이 뒹굴었다. 낙엽이 날아간 자리로 흰색 운동화가 쑥 들어왔다. 고개를 들었다. 아진이 서 있었다.

"학교 그만둔다며."

아진은 선린에게 불쑥 말을 건넸다. 선린은 움찔 놀랐다. 커피잔이 흔들렸다. 손가락이 뜨거웠다. 티를 내진 않았다.

"네, 뭐."

선린은 우물쭈물 대답했다.

"왜?"

"그냥요."

아진은 앉을지 말지 망설이는 모양새였다. 선린은 억지로 맞은편 의자를 가리켰다. 아진은 의자에 털썩 앉았다.

"아쉽네."

'뭐가 아쉽다는 거지.' 선린은 의아했다.

"근데 무슨 일로…."

"아, 그게… 줄 게 있어서."

아진은 아주 작게 접은 쪽지를 탁자 위에 올렸다. 선린은 그 쪽지를 집어 펼쳤다. 꼬깃꼬깃한 종이는 얼마나 힘을 주어 접었는지 잘 펼쳐지지도 않았고, 다 펼치기까지가 까마득했다. 도대체 언제까지 열어야 하는 거지, 하며 선린은 입술을 삐죽였다.

"…."

선린은 쪽지에 써진 글을 읽고 나서 아진을 바라봤다. 아진은 앞니로 입술을 깨물었다. 그는 당장 일어나야 하는데 몸이 움직이지 않는다는 걸 덜덜 떨리는 다리로 보여줬다. 선린은 이 문장이 무슨 뜻이냐고 물어볼 엄두가 나지 않았다. 그랬다가 정말로 민망한 말이 튀어나오면 선린은 어찌할 줄 몰라 성을 낼 것만 같았다.

"먼저 일어날게요."

선린은 가방을 어깨에 둘러메고 커피잔을 들었다. 잔에는 방금 흐른 커피가 묻어 있었다.

"저기, 근데…"

여기서부터다. 선린은 여기서부터 기억이 나지 않았다. 이때 아진이 한 말에 관한 대화를 분명히 나눈 적이 있었는데도 지금은 기억 속에 아무것도 없었다. 바이러스가 머릿속에서 확산하고 있기 때문인지, 선린의 기억은 점점 불분명해졌다.

누군가 선린의 목덜미를 잡고 소파 밖으로 끌었다. 선린은 비명을 지르며 몸을 움츠렸다. 가슴 안쪽으로 오그린 손에는 전공 서적이 들려 있었다. 선린은 몸이 뒤집히자마자 이것의 모서리로 저들의 목울대를 후릴 생각이었다.

억센 손은 선린을 단숨에 뒤집었다. 선린은 품에 안고 있던 책을 휘둘렀다. 커다란 손이 하드 커버를 붙잡았다. 선린의 팔에 힘이 풀렸다. 선린의 어깨를 감싸고 있는 사람은 아진이었다. 책이 바닥으로 떨어졌다. 선린은 상체를 일으켜 아진의 얼굴을 마주했다.

"괜찮아?"

아진은 선린의 부은 입술을 쓰다듬으며 말했다. 선린은 고개를 세차게 주억였다. 둘은 서로를 안았다. 각자의 목에 닿은 서로의 살결은 따뜻했다. 둘 사이에 중요한 건 말이 아닌 체온이

맺어주는 관계였다. 둘은 한동안 서로의 온기를 느꼈다.

선린은 아진을 밀치고 얼굴을 똑바로 마주했다. 미뤄둔 말을 꺼냈다.

"네 말도 맞아."

선린은 심호흡했다. 말을 쏟아 냈다.

"바이러스의 활성 조건은 음성이었어. 네가 제시한 말 오염도는 추상적인 개념이긴 하지만 말이 바이러스를 활성화할 수 있다는 통찰이 담겨 있었어. 무시했던 거, 미안해."

선린은 고개를 숙였다. 아진은 머리를 좌우로 흔들었다.

"아니야. 네가 맞았어."

아진 역시 숨을 크게 들이마시고 말을 이었다.

"제이를 만났어. 뇌를 다친 제이는 이 사태에 아무 영향을 받지 않았더라. 바이러스는 말 속이 아니라 뇌 속에 있기 때문이겠지. 말 오염도가 임계치를 넘어섰기에 말이 종식된다는 내 추론 모형이 지나치게 관념적이었다는 걸 인정해. 내가 더, 미안해. 진심이야."

아진 역시 고개를 숙였다. 선린은 아진의 턱을 잡고 들었다. 아진의 눈망울은 반짝였다. 말간 눈동자 속에 선린의 얼굴이 비쳤다.

"우린 서로에게 다가갔어."

"무슨 뜻이야?"

"말이 오염되고 있다는 네 얘기는 맞았어. 음파 에너지의 상승이 스트레스 호르몬 분비로 연결되는 악순환이 잠복해 있는 로지먼트 프리퀀시를 깨운 거야. 신 선생은 바이러스가 증식하는 환경 조건을 만든 건 인간이라고 했어."

아진은 선린의 말을 끊지 않고 묵묵히 들었다.

"말을 증식 기제로 본 네 예상은 적중했어. 바이러스가 이상 행동의 원인이라고 한 건 내가 맞았고."

아진은 얕은 숨을 뱉으며 머리를 끄덕였다. 이어 아진은 물었다.

"앞으로 어떻게 될까?"

선린은 검지와 엄지로 턱을 잡았다.

"바이러스 활성자들은 신체 활동이 점점 둔해졌어. 바이러스는 결국 그렇게 숙주를 잃겠지. 신 선생은 이 바이러스가 잠복해 있다고 했어. 헤르페스처럼. 그렇다면, 숙주를 잃게 된다는 걸 알게 된 바이러스는 생존을 위해 증식의 치명성을 낮추지 않을까 싶어. 어디까지나 내 생각일 뿐이야."

아진은 자신의 전망도 꺼내고 싶었으나 일단 참기로 했다. 생각을 정리할 시간이 필요했고, 그보다 먼저 선린에게 논쟁거리를 던지고 싶지 않았다. 재회하자마자 싸우고 싶지는 않았다.

무엇보다 아진의 마음은 참 차분했다. 선린도 그러해 보였다. 두 사람은 마주 보고 웃었다.

선린과 아진은 약물재활연구센터로 향하기로 했다. 바이러스 격리제 없이는 병원을 나간다 해도 삶을 이어가기 어렵다. 둘은 바이러스의 번식과 증상의 완화를 경험했다. 바이러스가 어디에 어떻게 퍼지는지 찾았고 감염이 진행되지 않는 제이를 목격했다. 이 모든 경험을 포기하고 무작정 병원을 벗어나는 시도부터 할 수는 없었다. 아직도 병원에는 생존자들이 남아 있었다.

폐쇄된 병원을 나가는 방법은 선린이 계획했다. 선린이 2층 복도 난간에 기댄 채 로비를 바라보며 상상한 내용이었다.

"터무니없는 계획이겠지만…."

"아니, 따를게."

아진은 고개를 끄덕였다. 둘은 손을 놓지 않은 채로 벌떡 일어섰다.

거친 숨을 쉬는 자들은 목에 주사가 꽂힌 채 널브러졌다. 수면유도제 주사로 이들을 제압한 건 아진이었다.

동쪽 병동과 정반대 쪽에 있는 약물재활연구센터는 걸어서

30분 거리다. 선린과 아진에게는 여유가 없었다. 가는 길에 행동을 제어하지 못하는 감염자들이 얼마나 있을지도 알 수 없었다.

필사적으로 궁리한 선린의 대안은 마이크로그래비티 튜브였다. 자기력으로 중력을 상쇄한 이 튜브는 생체 보조기, 의약 용품, 환자를 병원 곳곳으로 보내는 일을 한다. 사람이 튜브를 이용하는 건 긴급한 상황에 한한다고 엄격히 제한되어 있지만, 지금이야말로 긴급하기 그지없는 상황이었다. 누가 뭐라 하더라도 둘은 튜브를 이용할 계획이었다.

유일한 문제는 마이크로그래비티 튜브를 조종할 기사가 없는 거였다. 병원 중요시설이니만큼 다루기 위해선 안전 기술을 가진 인력이 필요했다. 그렇지만 안전 수칙을 구구절절 따질 때가 아니었다.

"괜찮을까?"

"몰라. 어떻게든 되겠지."

선린과 아진은 동쪽 병동의 마이크로그래비티 튜브실에서 전신 슈트를 입었다. 호흡기를 제외한 전신이 얇고 투명한 막으로 둘러싸였다. 둘은 서로를 바라봤다. 선린은 아진의 손을 잡고 어둑한 튜브 안으로 이끌었다. 튜브는 사람 두 명이 포개져 누워도 여유 공간이 충분했다. 아진이 먼저 눕고 선린은 그 위에 엎어졌다. 아진의 도드라진 입술이 선린의 귀에 닿았다.

설정해 둔 타이머가 울렸다. 한 덩이가 된 두 사람이 둥실 떠올랐다. 밑에 있던 아진이 선린 위로 올라왔다. 선린과 아진은 정수리에서 엉덩이골로 이어진 축을 중심으로 뱅글뱅글 돌았다.

선린은 이럴 상황이 아닌 건 분명히 알고 있었다. 그렇지만 아주 오랜만에 배꼽 주위가 간질거리는 건 어쩔 수가 없었다. 선린은 눈을 슬쩍 감았다. 바람 소리와 함께 두 몸이 앞으로 날아갔다. 이들은 튜브의 문이 열린 곳으로만 이동했다. 혹시나 다른 문이 열리지는 않을까, 다른 곳으로 떨어지지는 않을까, 하는 걱정에 긴장감을 놓을 수 없었다. 선린은 두 손으로 아진의 허리를 더 꽉 안았다. 전신 슈트는 끈적거렸다.

속도가 느려지더니 곧 멈췄다. 떠 있는 몸이 천천히 밑으로 내려갔다. 둘은 도착한 걸 알면서도 한동안 끌어안은 채 서로를 바라봤다. 선린은 어색하게 웃고는 아진의 위에서 일어섰다.

튜브의 문이 열렸다. 밖은 조용했다. 이들은 슈트를 찢어서 벗은 뒤 폐기물 쓰레기통에 던졌다.

아진은 튜브실 밖으로 고개를 빼꼼 내밀었다. 복도에는 몇몇 사람이 누워 있었다. 이들은 꿈쩍하지 않았다. 아진이 선린의 어깨를 잡더니 자신이 앞장서겠다고 손짓했다. 아진은 자세를 낮추고 천천히 복도를 가로질렀다.

복도 끝에서 좌측으로 도는 순간 환자 한 명이 고개를 괴이하게 꺾으며 이들을 똑바로 바라봤다. 흠칫 놀란 선린은 손으로 입을 틀어막았다. 눈에 초점이 없는 환자는 오른손 손가락으로 왼팔을 반복해서 찔렀다. 중얼거리며 걷는 이 환자는 벽에 부딪히자 천천히 방향을 틀 뿐 다른 행동은 하지 않았다.

보관실 문은 열려 있었다. 그 안에 있는 것들은 깨졌거나 바닥에 쏟아졌거나 탁자에 흩뿌려져 있거나 뚜껑이 열린 채였다. 냉동실 문틈 사이로 하얀 냉기가 연기처럼 흘러나왔다. 냉장실 문은 활짝 열려 있었다.

망연자실할 새도 없이 선린과 아진은 멀쩡한 시약병을 하나씩 들어서 살폈다. 3분? 5분? 꽤 오래 살폈으나 격리제라고 할 만한 약품은 발견하지 못했다.

"잠깐만!"

선린은 의국에서 읽은 것들을 떠올렸다. 텍스트 파일에는 격리제를 '위장 보관'한다고 적혀 있었다. 더 자세한 내용이 있었겠지만 기기가 부서진 탓에 읽지 못했다. 선린은 팔짱을 낀 채약품 보관실을 배회했다.

위장 보관이라. 여기서 위장은 장소적 의미를 뜻하는 게 아닐 것이다. 신 선생이 보관실에 새로운 비밀 장소를 만드는 건 불가능했다. 그렇다면 약물재활연구센터를 드나드는 이들이 별다른 관심을 가지지 않을 만한 약품의 껍데기를 쓰고 있을 것이다.

보관실에는 커다란 의료용 냉장고 두 개와 유리문이 달린 상온 보관 선반 세 개가 있었다. 선린은 유난히 멀쩡한 선반의 유리문을 열었다. 이 안에 든 건 생리 식염수였다.

선린은 생리 식염수 팩을 꺼냈다. 팩을 이리저리 돌리며 겉면을 살폈다. 그냥 평범한 팩이었다. 병을 꺼냈으나 여기에도 특이한 표식은 없었다. 제일 안쪽 식염수는 드릴형 주사기를 꽂아쓰는 캡슐에 담겨 있었다. 이 캡슐의 한쪽 끝은 나선형 모양으로 들어가 있었다.

"식염수를 이런 캡슐에…."

나선형 모양 캡슐의 반대쪽 면을 살피니 아주 작게 'Free of frequency'라는 문구가 적혀 있었다.

"이거네."

선린은 조용히 외쳤다. 곧바로 아진이 선린 곁으로 왔다. 둘은 누가 뭐라고 할 새 없이 손을 선반 깊숙이 넣어 캡슐을 모조리 꺼냈다. Free of frequency는 수십 개의 캡슐 중 3개에 적혀 있었다.

"어쩌지? 40분 남았어."

아진이 손목시계를 보며 물었다.

"기다려 봐."

선린은 선반 옆에서 드릴형 주사기를 꺼내 캡슐에 꽂았다. 액체가 주사기로 천천히 넘어갔다. 선린은 눈금을 노려보며 적정 용량이 찼다는 걸 확인하고 주사기를 탁탁 쳐 공기를 뺐다. 선린은 거울을 노려보며 왼쪽 귀 위 5센티미터 지점에 바늘을 꽂았다. 따끔한 통증이 느껴져 미간을 찌푸렸다. 미세바늘이 곧 이어 회전하면서 머리뼈를 뚫었다. 뼈가 갈리는 소리가 났다.

"뭐 하는 거야!"

아진이 소리쳤다. 선린은 다른 쪽 손을 번쩍 들어 아진의 행동을 제지했다. 회전하던 바늘은 이내 멈췄다. 선린은 엄지로 주입 버튼을 눌렀다. 선린이 조준한 곳은 브로카 영역과 베르니케 영역을 연결하는 중추인 신경 섬유 다발이었다. 신 선생의 실험 결과에 따르면 여기가 로지먼트 프리퀀시의 증식을 제어하는 가장 효과적인 위치였다. 어차피 가만있으면 죽음뿐이니, 선린에게 두려운 건 없었다.

주사기를 뺀 선린은 벽에 등을 기댔다. 미세바늘 드릴 주사기는 마취 성분이 함께 주입되기 때문에 많이 아프지는 않았다. 0.1밀리미터 크기에 불과한 주삿바늘이니 피가 나지도 않았다. 하지만 어지러움이 몰려왔다.

선린은 바닥에 깔린 시약병을 발로 밀고 앉았다. 아진은 걱정스러운 표정으로 선린 옆에 따라 앉았다. 선린은 자신의 상태를 찬찬히 살피는 아진을 물끄러미 바라봤다. 약품 보관실에 들어온 이후 다시 치밀어 오르던 짜증이 가라앉았다. 이게 약효인가 싶은 와중에 아진이 학교에서 자신에게 쪽지를 준 다음한 말이 떠올랐다.

"말이 없어서 좋아요."

나를 좋아한 이유가 말이 없어서라니. 선린은 말의 종식을 외치고 있는 아진답다고 생각했다. 선린은 새초롬한 눈으로 아진을 바라봤다.

아진은 뭔가를 눈치챘는지 눈에 힘을 주고 선린을 마주 봤다. 눈꼬리가 파르르 떨렸으나 동공은 움직이지 않았다. 둘은 소리 없이 대화를 나누었다.

아진은 선린의 손에 드릴 주사기와 캡슐을 건넸다. 선린은 자신에게 했던 것과 똑같이 아진의 좌뇌에 주사를 놨다. 주사를 맞은 아진은 선린의 어깨에 머리를 기댔다.

선린은 아진의 체온과 냉기가 감도는 병원의 공기를 온몸으로 느끼며 호흡했다. 뇌에 주입한 약물, 격리제에 대해 생각했다. '격리제'라는 단어에서 알 수 있듯이 이 약은 바이러스를 사멸시키는 게 아닌 활성화 상태를 잠복 상태로 전환하는 게 원리인 것 같았다. Free of frequency. 뇌파 진동수를 수면 상태에 해당할 정도로까지 강제로 낮추는 약물일 가능성이 높았다.

선린과 아진이 서로에게 기대고 있는 와중에도 시간은 흘렀다. 이산화탄소 배출까지 얼마 남지 않았다. 다급한 상황이나 선린은 서두르고 싶지 않았다. 아진의 목덜미는 따뜻했다. 주변은 고요했고 마음은 평온했다. 병원에서 아등바등 탈출하는 것보다 여기서 뇌를 멈추는 게 더 편하지 않을까?

그때였다. 아진이 벌떡 일어섰다. 선린은 발라당 넘어졌다. 바닥에 누워 아진을 올려다봤다. 아진은 선린에게 손을 내밀었다.

"일어나."

"왜?"

"계획 있다고 했잖아."

아진은 어조는 단호했다. 선린은 손을 뻗다 말았다. 아진은 재차 설득했다.

"나도 있어. 그러니깐 일어나. 우리가 알고 있는 걸 묻어버릴 순 없어. 이 사태는 여기서 끝나지 않을 거야. 나는 나갈 거야. 나가서 알릴 거야."

아진은 손바닥을 쫙 펼쳤다. 아진의 손가락은 곧고 길었다.

선린은 다시 손을 뻗었다. 그러다 재차 멈췄다. 선린은 자신의 깨진 손톱을 응시했다. 손톱은 톱니바퀴처럼 오돌토돌했고 그 안에는 피가 멍울져 있었다. 이 작은 멍울 안에서 피가 꿀렁였다. 선린은 이 살아 있는 피를 가만 바라봤다. 그러자 병원 밖으로 아진을 기필코 데리고 나가려 했던 의지가 떠올랐다.

아진은 머뭇거리는 선린의 손을 덥석 움켜쥐었다. 힘차게 끌어당겼다. 몸을 일으킨 선린은 손을 바지에 박박 문질렀다. 아진의 두 손이 선린의 어깨를 단단히 잡았다. 선린은 고개를 끄덕였다.

'그래 가보자.' 선린은 되뇌었다.

이들은 다시 마이크로그래비티 튜브를 타고 로비 근처의 종합재활의학과 진료실로 이동했다. 제이는 진료실 앞 의자에 눈을 감은 채 누워 있었다. 선린이 다가가자 제이는 천천히 눈을 떴다. 그런 뒤 맑게 웃어 보였다. 선린은 제이의 어깨를 두드렸다. 제이는 선린이 내미는 손을 거리낌 없이 쥐었다. 아진은 최교수를 내려다봤다. 제이 옆에 누운 최 교수는 숨을 쉬지 않았다. 눈을 감은 최 교수는 엷게 웃고 있었다.

로비와 로비 근처 복도에는 선린과 아진처럼 바이러스가 뇌를 완전히 점령하지 않은 사람들이 삼삼오오 모여 있었다. 어딘가에 숨어 있던 이들은 로지먼트가 언급한 이산화탄소 배출 시간이 임박하자 정문이 보이는 곳으로 모여든 것이다.

마스크를 쓴 사람들은 타인과 말하는 걸 주저했다. 죽음이 코앞이지만 로지먼트 프리퀀시가 보여준 공포 역시 현실이었다. 잠시 뒤 죽거나 당장에 미쳐버리거나. 이 둘 중 하나를 선택하는 건 생각보다 쉬운 일이 아니었다. 어쩌면 실낱같은 희망을 품고 있기에 마스크를 벗을 수 없는 걸 수도 있었다. 이산화탄소를 배출하겠다는 로지먼트의 호언이 거짓이길 바라는 기대. 구조대가 올 거란 바람. 버려지지 않을 것이란 희망. 이런 기대에 매몰되는 건 진실한 언어가 존재한다는 믿음만큼 부질없는 짓이란 걸 선린은 알고 있었다.

선린은 2층 난간을 붙잡았다. 귀밑 부분을 건드려 마스크를 투명화했다. 말을 꺼내려다 말고 마스크를 벗어 던졌다. 마스크가 나풀나풀 날았다.

"여러분."

선린이 소리쳤다. 사람들은 난간에 서 있는 선린과 아진 쪽으로 고개를 돌렸다.

"이 바이러스는 우리가 흥분하지 않는 한 증식하지 않습니다."

선린은 하나 남은 캡슐을 쥔 손을 번쩍 들어 올렸다.

"바이러스의 증식을 막을 수 있는 약물이 제 손안에 있습니다. 이걸로 바이러스를 잠재울 수 있습니다. 제가 마스크를 벗고 이렇게 당당히 말하는 걸 보십시오."

사람들은 선린의 입과 손을 번갈아 쳐다봤다. 선린은 캡슐을 주머니에 넣은 다음에 말을 이었다.

"이 바이러스는 통제할 수 있습니다. 그렇다면 우리가 당장 죽을 이유는 없는 겁니다. 우린 저 잠긴 문과 그 너머의 장벽을 뚫고 나가야 합니다."

선린은 말을 마치고 아진과 제이를 돌아봤다. 제이는 입을 벌린 채 선린을 보고 있었다. 아진은 선린의 어깨에 손을 올렸다. 여기까지 말했는데도 사람들은 의심 가득한 표정으로 팔짱을 풀지 않았다. 아진이 한 걸음 앞으로 나섰다. 그도 선린처럼 마스크를 벗어 로비로 던졌다.

"밖으로 나가서 말의 오염이 어떤 결과를 초래했는지 알려야 합니다. 여기서 우리가 어떤 일을 겪었는지를요. 그러니 살아야 합니다. 나가야만 합니다. 저 밖에 있는 사랑하는 가족, 연인, 파트너, 반려 생물의 비참한 죽음을 막기 위해 뭐든 해야 합니다."

아진의 턱 근육이 꿈틀거렸다. 결의에 찬 아진의 말은 한 글자 한 글자가 눈에 보일 정도로 선명했다. 사람들은 팔짱을 풀었다. 어떤 이는 마스크를 따라 벗었다.

"방법이 있습니까?"

머리가 희끗희끗한 노인이 물었다.

"제게 생각이 있습니다."

선린은 사람들에게 로비로 모여달라고 했다. 정문 근처에 나타난 사람들의 절반 정도가 모였다. 나머지는 어딘가로 다시 숨어들었다.

선린은 로비 위에 있는 거대한 꽈배기 모양의 샹들리에를 바라봤다. 이 샹들리에야말로 계획의 중요한 열쇠였다. 선린은 샹들리에가 병원 정문 쪽으로 기우는 걸 똑똑히 봤다.

로지먼트의 취향인지는 모르겠으나 저 흉물스러운 샹들리에의 무게는 족히 100톤은 넘을 것이다. 저것이라면 폐쇄된 병원의 정문을 부술 수 있을 거라고 선린은 짐작했다. 정문을 박살 내기만 하면 차오르는 이산화탄소의 농도를 낮출 수 있다.

어떠한 물리적 장치 없이 떠 있는 샹들리에 밑에는 수십 갈래의 마이크로그래비티 튜브가 매설되어 있다. 중력을 상쇄하기 위한 튜브의 자기력이 자기 부상 샹들리에를 끌어당기면서 기울였을 것이다. 샹들리에를 정문과 충돌시키려면 튜브들의 자기력을 일제히 입구 쪽으로 몰아야 한다는 게 선린의 가정이었다.

"죽을 때 죽더라도, 뭐든 해보죠."

선린은 사람들에게 곧장 역할을 분담했다. 이산화탄소 배출까지는 불과 10분이 채 남지 않았다. 사람들은 마이크로그래비티 튜브실을 곁에 둔 수술실과 병동, 가까운 진료실로 보내졌다. 선린의 신호에 맞춰 병원에 널린 시체들을 튜브 안으로 계속 넣을 계획이었다. 튜브의 종착지는 정문 옆 응급실 입구로 설정했다.

튜브실로 배치되지 않은 사람들은 샹들리에가 향할 길을 가로막은 시체 더미들을 치웠다. 단단히 뭉쳐 있는 시체들은 안간힘을 써도 잘 풀리지 않았다. 아무리 해도 해체할 수 없는 덩어리는 여럿이 힘을 모아 정문 옆으로 밀었다. 유기물 덩어리 안에서는 신음이 새어 나오지 않았다.

선린은 로비 데스크로 달려가 마이크를 잡았다.

장애물 제거가 완료되자마자 마이크에 대고 외쳤다.

"던지세요!"

튜브실에서 대기하던 사람들이 시체를 던지기 시작했다. 곧이어 모터가 돌아가는 미약한 소리가 로비를 채웠다. 샹들리에는 꼼짝하지 않았다. 데스크 주변에 쪼그린 사람들은 침을 꼴칵 삼켰다. 선린은 두 손을 꽉 쥐었다.

잠시 뒤, 샹들리에 밑이 미세하게 찰랑거렸다. 어어어, 하는 감탄사가 나왔다. 사람들은 숨죽여 샹들리에를 지켜봤다. 선린은 마이크를 다시 잡았다.

"멈추지 마세요! 계속 튜브를 가동해야 합니다! 조금만 더하면 돼요!"

찰랑이는 샹들리에는 하프 소리와 같은 음향을 발산했다. 이소리는 점점 커졌다. 미세하게 움직이던 샹들리에가 이제는 눈으로 확연히 구분할 수 있을 정도로 정문 쪽으로 기울었다. 한번 물러난 샹들리에는 반동에 의해 더 높이 떠올랐고 그렇게 정문으로 향했다. 곧 정문이었다. 사람들은 환호성을 질렀다.

샹들리에가 안내 창구 옆쯤 이르렀을 때 몇몇 튜브의 가동이 중단되었다. 던질 시체가 떨어진 것이었다. 갑자기 멈춘 샹들리에는 서서히 가라앉더니 제자리에서 빙글빙글 회전했다. 크리스털끼리 부딪치는 소리가 로비를 가득 채웠다.

"1분 뒤 이산화탄소가 배출됩니다."

닥터 로지먼트의 안내방송이 나왔다. 선린은 아진의 손을 꽉 잡았다. 이대로라면 2분을 넘기지 못하고 뇌 활동이 정지된다. 안내 창구 옆에서 멈춘 샹들리에의 흔들림은 완전히 잠잠해졌다.

기체 배출구가 일제히 열리는 소리는 육중했다. 아진은 고개를 뒤로 젖히고 한숨을 쉬었다. 올곧이 선 채 두 눈을 감은 제이의 표정은 차분했다.

선린은 어지러웠다. 머리가 핑핑 도는 와중에도 마지막으로 아진의 입술을 만지고 싶은 생각은 떨칠 수가 없었다. 그의 도톰한 입술. 말랑한 젤리 같은 혀. 손을 뻗으려는데 힘이 들어가지 않았다. 선린은 아진의 손을 놓치고 말았다. 둘은 털썩 쓰러지면서 멀어졌다. 서서히 감기는 눈으로 서로를 바라봤다. 이렇게 끝날 줄 알았으면 더 극적으로 아끼고 만질 것을. 선린은 이 생각을 끝으로 눈을 감았다.

크리스털이 흔들리는 소리가 다시 나기 시작했다. 샹들리에가 살짝 떠오르더니 회전하면서 전진했다. 이것이 나아가는 속도는 점점 빨라졌다. 샹들리에의 광채는 찬란했고 선율은 고막을 찢을 정도로 격렬했다.

샹들리에는 병원 정문을 뚫고 나갔다. 두꺼운 유리가 깨지는 날카로운 파열음이 울려 퍼졌다. 파편이 사방으로 튀었다. 막혔던 숨이 터졌다.

정문을 통과한 샹들리에는 관성에 의해 앞으로 고꾸라지며 차폐벽을 들이박았다. 크리스털이 산산조각 났다. 샹들리에의 뼈대를 이룬 금속 틀은 코끼리 같은 울음소리를 내며 휘어졌다. 거대한 샹들리에는 순식간에 바스러졌다.

차폐벽 한 블록이 기우뚱 뒤로 넘어갔다. 쿵, 하자 사람들은 두 손을 번쩍 들고 와, 하고 함성을 질렀다. 차폐벽이 넘어지면서 일으킨 먼지 때문에 주변 풍경은 아직 보이지 않았으나 사람들은 정문 쪽으로 걸었다.

먼지가 가라앉자 넘어진 차폐벽 너머가 어슴푸레 보였다. 선린은 눈을 가늘게 떴다. 넘어진 벽 뒤에는 또 다른 벽이 세워져 있었다.

*

"정말 몰랐습니까?"

"몇 번을 말합니까."

선린은 한숨을 아주 길게 내쉬며 대답했으나 상대는 꿈쩍하지 않았다. 스피커에서는 아무 대답도 들리지 않았다.

며칠이 지났는지 알 수 없었다. 창이 없어 해가 뜨고 지는 걸볼 수 없었다. 어림잡아 사나흘 정도 지난 것 같았다. 그동안 똑같은 질문이 수없이 반복되었다. 스피커에서 나오는 기계 목소리는 선린이 자고 있건 깨어 있건 상관하지 않았다. 그것이 울리면 격리실 불이 아주 환하게 켜졌다. 선린은 부신 눈을 부여잡고 대답하지 않을 수 없었다. 질문에 맞는 대답을.

"다시 묻겠습니다. 정말 몰랐습니까?"

"…네, 몰랐습니다."

"화가 납니까?"

"아닙니다."

"짜증이 납니까?"

"방금 말했잖아요."

"다시 묻겠습니다. 짜증이 납니까?"

"…아니요."

선린이 엿새 정도 지난 것처럼 느낀 뒤에야 철문에서 삐 소리가 나더니 덜컹, 하고 문이 열렸다. 선린은 손차양을 만들어 햇살을 가렸다.

창문을 통해 내려다보이는 건 로지먼트종합병원의 부서진 정문이었다. 거대한 유리가 부서진 정문은 휑했다. 그 주변에 시체는 보이지 않았다. 구겨진 샹들리에는 문 앞에 누워 있었다. 넘어진 차폐벽은 다시 세워졌다. 차폐벽 뒤로는 다른 벽이 한 겹 더 있었다. 두 겹으로 된 장벽이 병원을 빙 둘러쌌다. 두 번째 벽은 첫 번째 벽보다 두꺼웠다. 선린을 비롯해 병원을 탈출한 자들이 있는 곳은 벽과 벽 사이에 세워진 격리실이었다. 컨테이너를 조립해서 만든 격리실은 위로 길쭉 솟아 있었다.

선린의 왼쪽에는 아진이 있었다. 둘은 서로의 얼굴을 볼 수 있었지만 격벽 때문에 다가갈 수는 없었다. 목소리도 들을 수 없었다. 아진의 입 모양은 선린에게 괜찮냐고 물었다. 선린은 투명한 격벽에 입김을 분 뒤 동그라미를 그렸다.

방역 연합은 탈출자들을 개인별로 격리해 이들의 감정 조절 기능을 테스트했다. 같은 질문을 반복했을 때 탈출자들이 겪은 심정 변화가 바이러스 활성화로 이어지는지 보는 방식이었다. 연합은 이 방식으로 탈출자들의 몸에서는 바이러스가 활동하지 않는다는 걸 확인했다. 그러나 방역 연합은 철저했다. 격리 기간이 끝나도 병원 탈출자 간의 교류는 허용되지 않았다. 의심은 여전히 남아 있었다.

아진과 선린은 로지먼트 프리퀀시를 일부러 퍼뜨린 것 아니냐는 혐의를 받았다. 방역 연합은 아진이 바이오 테러를 저지른 목적은 말의 종식 가설을 증명하기 위해서라고 봤다. 선린과 죽은 신 선생은 병원에서 바이러스를 개발하고 보관한 공모자로 지목받았다. 스피커에서 나오는 말소리는 차분하면서도 집요했으나 선린은 정말 할 이야기가 없었다.

며칠이 지나자 격리실 간의 격벽이 제거되었다. 바깥으로 나가는 문도 열렸다. 비록 벽과 벽 사이를 제한적으로 돌아다닐 수 있게 된 것 뿐이었지만 그것만으로도 숨통이 트였다.

간간히 마주치는 사람들은 낯익었다. 병원 로비에 모인 사람들이었다. 그 수는 정문을 부수려고 힘을 합친 인원들보다 적었다. 제이는 보이지 않았다. 제이는 바이러스가 증식하지 않는 뇌 구조 연구를 위해 별도의 시설로 옮겨졌다고 했다. 이 소식을 전해 들은 선린은 아랫입술을 물어뜯었다. 제이가 표본 취급을 받지 않을까 걱정되었다.

연합은 스피커로 지시를 내리거나 바퀴가 달린 로봇으로만 탈출자들을 상대했다. 로봇이 가져다주는 밥은 퍼석했고 국은 식었으며 반찬은 늘 같았다. 그래도 사람들은 먹을 수 있는 게 어디냐며 불평하지 않았다. 이들은 단단한 밥알을 씹을 때마다 로비에서 숨이 넘어가던 순간을 떠올렸다.

격리실의 격벽이 제거된 이유는 선린과 아진의 혐의가 풀렸기 때문이었다. 연합은 꽤 긴 시간 병원 데이터에 접속해 이것 저것을 살폈다. 그 결과 선린과 아진은 주모자들이 아니란 게 밝혀졌다. 그럼에도 병원 탈출자들은 자유로워지지 못했다. 오해를 해소한 연합이 준 자유는 격벽 제거뿐이었다.

최소한의 정보는 공유되었다.

연합의 말에 의하면, 로지먼트 프리퀀시는 바이러스 입자 형태가 아닌 유전자 게놈 형태로 인간의 몸 안에 숨어 있었다. 숙주에 유전자 형태로 숨어 있던 탓에 면역 세포가 발견할 수 없었다. 인류가 지금까지 로지먼트 프리퀀시의 존재를 몰랐던 이유다.

바이러스는 증식할 수 있는 환경 조건이 조성되자 이윽고 위장을 벗고 활동을 시작했다. 21세기에 인류의 스트레스 지수가 높아지면서 대상 포진이 유행한 것처럼, 로지먼트 프리퀀시 활성화 역시 음파 에너지 증가라는 사회적 상황과 연관된 것으로 추정되었다.

로지먼트 프리퀀시가 어디서 어떻게 비롯되었는지는 지금으로선 알 수 없었다. 간단히 알아낼 수 있는 일이 아닌 만큼 시간이 필요했다. 물론 시간을 쏟는다 해서 밝혀진다는 보장은 없었다.

방역 연합은 선린이 병원에서 갖고 나온 격리제 복제에 집중했다. 이 격리제를 대량 생산해 인류에게 접종시키는 게 연합의 목표였다. 연합을 구성하는 국가 중 이견을 보인 나라도 있었다. 생활 인프라 시설에서의 집단 감염을 겪지 않은 곳이었다. 왜 이런 황당한 개발에 비용을 내야 하느냐는 것이 그들의 주장이었다. 하지만 이들 역시 연합의 지배 체제를 거스를 순 없었다.

탈출자들은 하루도 빠지지 않고 검사를 받았다. 다양한 기기가 뇌를 단층 촬영했다. 검사를 도와주는 사람은 없었다. 스피커의 지시에 따라 탈출자들이 검사 기기에 직접 들어가 기기를 작동시켜야 했다. 이를 거부하면 식사가 나오지 않았다. 하루 이틀 이러다 말겠지, 했으나 정말 식사를 쭉 주지 않았다. 나중에는 모두가 정해진 시간이 되면 기계처럼 검사를 수행했다. 선린 역시 입술을 비죽거리며 순순히 연합의 지시에 따랐다.

격리제 복제 성공까지는 오래 걸리지 않았다. 이 소식이 전해진 뒤에야 방역 연합이 알아낸 로지먼트 박사의 과거에 대한 소문이 탈출자들 사이에서 돌았다.

로지먼트가 몰던 차량은 고속도로 중앙 분리대를 박고 전복되었다. 이 사고로 그의 아내는 죽고 딸은 전신이 마비되었다. 음주 운전이었다. 죄책감에 시달린 그는 딸을 치료하기 위해 법인 수익을 유용했다. 로지먼트가 진행한 중추 신경 연구는 끊어진 신경 섬유를 되살리는 방법을 찾는 거였다. 이 연구를 위한 실험체가 떨어진 로지먼트는 자기 자신을 실험 대상으로 삼았다가 말과 운동 기능을 상실하는 중추 신경 교란 증후군에 걸렸다.

로지먼트는 죽기 직전, '이 바이러스'의 존재를 발견했다. 격리제는 로지먼트가 증후군 진행을 늦추는 것과 동시에 바이러스

증식을 차단하기 위해 개발하기 시작한 것이다.

그가 남긴 방대한 데이터는 신경과학과 의국을 통해 전해졌다. 이걸 진지하게 받아들인 의사과학자는 신 선생이었다. 신 선생은 로지먼트가 회삿돈을 횡령해 마련한 자금으로 연구를 이어갔다. 신 선생은 개발 성공한 격리제를 위장 보관했다. 기존 과학 상식을 벗어나는 바이러스, 불확실한 자금 출처, 신 선생의 불안한 정신 상태와 같은 요건들이 바이러스와 격리제의 공론화를 막은 것이다.

선린은 생각이 정리되자 갑갑한 마음이 조금 풀렸다. 몇몇 퍼즐 조각은 여전히 찾지 못했으나 애써 채우려 하지는 않았다. 도화지에 진실을 빈틈없이 채워 넣는 건 애초부터 불가능한 일이었다.

다만, 선린은 직감했다. 이산화탄소가 차오르고 뇌가 정지하기 직전 샹들리에가 다시 앞으로 나아간 건 로지먼트의 사고 인격 데이터가 도와줬기에 가능했을 것이라고. 연합의 명령에 따라 배출구를 열면서 시설 기동에 권한을 갖게 된 사고 인격 데이터가 마이크로그래비티 튜브의 자기력을 출구 쪽으로 정렬했을 것이란 추측이었다. 선린은 가족을 죽음에 이르게 한 기억을 가진 사고 인격이라면 누구든 살리고 싶었을 것이라고 짐작하며 쓴웃음을 지었다. 죽음이 시작된 병원이지만, 마지막까지 생을 포기하지 않은 것도 병원이었다.

바이러스는 병원뿐 아니라 법원, 학교, 교도소, 국회에서 집단 발병했다. 이를 통해 사망하거나 실종된 사람은 국내에서만 10만 9,287명이었다. 실종자 때문에 정확하지는 않으나 치사율은 90퍼센트를 넘었다.

선린은 치사율을 듣고 안도의 한숨을 쉬었다. 이번 일로 로지먼트 프리퀀시는 자신이 번식 터전을 없앨 정도로 지독하다는 걸 깨달았다. 바이러스는 살아남기 위해 치명성을 낮추는 선택을 할 가능성이 높다. 증식 활성 조건을 바꾸는 진화를 할 수도 있으나 짧은 시간에 가능한 일은 아니다. 더욱이 연합은 조만간 격리제 대중 접종에 나설 예정이다. 로지먼트 프리퀀시는 곧 인플루엔자처럼 통제할 수 있는 바이러스가 될 것이다. 선린은 좁은 야전 침대에서 두 다리를 뻗고 잘 만큼 마음이 편해졌다.

아진은 달랐다. 밥은 남겼으며 손톱을 물고 벽과 벽 사이를 배회했다. 말수가 줄면서 선린과 대화하는 시간은 짧아졌다. 야전 침대에서 옹그리고 있는 시간은 길어졌다.

어느 날 새벽이었다. 아진은 선린의 침대에 등을 기댄 채 쪼그려 앉아 있었다. 여기서도 귀뚜라미는 울었고 달빛은 새어 들어왔다. 달빛 사이로 보이는 아진의 떨리는 어깨가 침대를 흔들었다.

"정말 이게 끝일까?"

아진의 이 말에는 불안인지 기대인지 아쉬움인지 모를 여운이 배어 있었다. 이 여운의 배경이 무엇인지 짚을 수 없는 선린은 선뜻 대답할 수 없었다. 잘못 짚었다가는 큰일이 날 것만 같았다. 선린은 손을 아진의 어깨에 얹으려다가 그만두고 등을 돌려 벽을 바라봤다.

선린과 아진은 격리제를 또 맞았다. 상당수의 사람이 격리제 접종을 마치고 난 뒤였다. 그러고 나서야 두 번째 벽에 있는 쪽문이 열렸다. 로지먼트종합병원 집단 사망 사태가 일어난 지 1년 6개월이 지난 뒤였다.

*

로지먼트 프리퀀시를 아진과 선린이 일부러 퍼트렸을 거라는 음모론은 끊이지 않았다. 둘의 신상 정보는 자유를 찾기 전부터 인터넷을 떠돌아다녔다.

자극적인 소재로 조회 수를 노리는 채널들은 하루가 멀다

하고 '아진이 바이오주를 들고 있던 이유', '선린의 비밀스러운 사생활', '역대급으로 아슬아슬했던 생물 테러범 추적기', '바이러스 때문에 경제 폭망! 아진 놔두면 지옥 된다', '수준 떨어지는 평화 옹호론자들 입틀막하는 비법', '인간 아닌 감염자들에게 핵펀치 날리기', '특급비밀공개 10만 9,287명이 죽어 마땅한 이유' 같은 제목의 콘텐츠들을 쏟아 냈다.

선린은 일자리를 구하지 못했다. 운동화 밑창이 떨어질 정도로 여러 재활의학과의 문을 두드렸으나 어느 곳도 선린을 채용하지 않았다. 최초 발병지의 생존자라는 딱지가 선린을 따라다녔다. 사람들은 이 딱지를 잠재적 위험 인자로 인식했다. 선린은 일자리 구하는 걸 포기하고 재해 생존 지원금으로 근근이 생활했다. 집에서 영상을 보며 지내는 일상은 평온했으나 활력은 찾을 수 없었다.

아진은 언어학술원을 그만뒀다. 그럴 수밖에 없는 환경이었다. 아진 때문에 이 사태가 벌어졌다는 소문은 쉽게 사라지지 않았다. 아진의 그간 연구자료는 아무렇게나 편집되어 온갖 곳을 유랑했다.

떠도는 파일 중에는 아진과 선린이 나체로 뒤엉킨 조작 이미지도 있었다. 둘은 이에 대해 따로 이야기를 나누지는 않았지만, 오히려 이런 상황 때문에 서로의 동질감은 깊어졌다. 지금까지 격리제를 두 번 맞은 사람은 세상에 선린과 아진 둘뿐이었다. 선린은 이 생각으로 하루하루를 견뎠다. 만날 수 없더라도 아진만큼은 자신의 고통과 두려움을 이해해 줄 거라고 믿었다.

하지만 아진은 선린의 연락을 차단했다. 아진네 현관은 열리지 않았다. 굳건히 닫힌 문 안에는 아진이 있는지 없는지 알 수 없었다. 가끔씩 아진이 외딴 지역에 출몰했다는 글이 인터넷에 올라왔으나 진위는 알 수 없었다. 아무렇게나 써 갈긴 글일 뿐인지 아니면 아주 조금의 진실이라도 담겨 있는 것인지 선린은 구분할 수 없었다.

차고 넘치는 시간 속에서 선린은 아진이 또 숨은 이유를 생각했다. 긍정 회로를 돌리자면, 이번에는 그의 알량한 자존심 때문이 아닌 선린을 보호하기 위함이었다. 가까이 지낼수록 사태 유발자라는 이미지가 강화되기에 선린과 거리를 둔 것이다.

그래도 연락을 아예 차단한 건 너무했다. 여기에만 집중하면 부정 회로가 돌았다. 아진이 연락을 끊은 건 선린을 위해서가 아니라 오직 본인만을 보호하기 위한 도피란 생각이 들었다.

"또 아무 설명 없이 골방에 숨어든 치졸한 인간."

선린은 혼잣말을 되뇌며 주먹을 꽉 쥐었다.

주먹은 아진의 종이 편지를 받고 나서야 펴졌다.

아진은 말의 종식 연구를 포기하지 않았다. 그는 지역 이름도 생소한 시골 병원에서 의료용 폐기물 수거 일을 하고 있었다. 아진은 이 일을 하면서 상황을 관찰하고 정황을 수집하고 이론을 세우느라 바빴다고 설명했다. 그는 편지 속에서 인간이 로지먼트 프리퀀시에 점령당하지 않으려면 소통 방식을 언어가 아닌 다른 것으로 바꿔야 한다고 거듭 강조했다. 아진의 신념은 이전보다 굳건해졌다.

… 지구 인간의 상당 비율이 격리제를 맞아 뇌파의 활동 주파수가 양자적으로 낮아졌음에도 불구하고 말 오염도가 증가하는 걸 확인했어. 우리가 그 대상이 된 것처럼 새 바이러스 출현은 인간 간의 불신과 혐오, 낙인찍기를 강화하는 결과를 낳았지. 말 오염도 데이터 수치를 동봉했어. 꼭 살펴봐 줘.

나는 여전히 로지먼트 프리퀀시에 지배된 인간은 언어의 음소 단위가 대립을 상실하는 무의 상태에 빠진다고 생각해. 곧 우리가 겪은 사태가 세계 어디서든 다시 일어날 거야. 이것은 정말 빠르게 적응하고 진화할 거야. 그럴 수밖에 없는 조건을 우리가 만들어 주고 있기 때문이야. 하지만 인간은 쉽게 변하지 않지.

선린아, 아무리 고민해도 로지먼트 프리퀀시 발견의 의미는 '말의 종식' 말고는 없어. 인간은 이제 언어를 상실할 때가 됐어. 나 역시 이걸 바라고 있어. 내 연구의 동기이자 목적지는 '포스트랭귀지'라는 걸 비로소 깨달은 것 같아.

　사람 많은 데 가지 말고 조심해. 보고 싶어. 부디 다음번에는 우리가 다른 방식으로 소통하길 바라. 우리가 어디에 있든 함께할 수 있는, 언어의 모든 틀을 초월한 방식으로.

　선린이 아진의 편지를 받고 몇 주가 지나자 로지먼트 프리퀸시 2차 대유행이 발생했다. 발병지는 특정 장소라고 할 게 없었다. 병원, 학교, 군대처럼 아픔과 통한이 모이는 장소뿐 아니라 광장과 같이 주변이 탁 트인 곳에서도 사람들은 무작정 질주했다.

　광화문 광장의 세종대왕 동상 주변에는 쓰러진 사람들이 산을 이뤘다. 동상의 하반신을 가릴 정도였다. 이 사람 더미는 병원 로비 의자 위에 쌓였던 것과 같은 소리를 냈다. 선린은 너무 잔인해 보도되지 못한 광화문 광장 영상을 본 뒤로는 휴대 전화를 멀리했다.

　2차 집단 발병 사태의 사망 및 실종 희생자는 국내에서만 수백만 명에 달했다. 전 세계적으로는 몇 명인지 추산조차 할 수 없었다.

　선린은 자신의 희망적인 예측이 틀렸다는 걸 자각했다. 인간이 뇌파 진동수를 낮추는 방식으로 대응하자 바이러스는 더 지독하게 인간을 지배하려 들었다. 로지먼트 프리퀀시는 치명성을 1차 발병 때보다 강화했다.

이 바이러스의 목적은 전염을 통한 생존에 있지 않았다. 이미 모든 사람에게 있을 것으로 추정되므로 애초에 인간 간 전염은 로지먼트 프리퀀시에게 의미 없는 일이었다.

숙주 안에서의 치열한 증식. 이 증식을 통한 숙주의 파괴적 재창조. 이것이야말로 로지먼트 프리퀀시가 인류에게 잠복한 절대적인 이유라는 상념이 선린의 머릿속을 떠나지 않았다. 생각은 꼬리에 꼬리를 물고 이어졌다. 그러다 '누가 왜 이 바이러스를 우리에게 심은 것일까'라는 고뇌로 접어들면, 선린은 머리를 세차게 흔들고는 잠을 자려 노력했다.

편안히 잠들 수 있는 날은 갈수록 줄었다. 선린은 자신이 새어 나가지 않게 했다. 커튼은 닫고 지냈다. 밤에도 불을 켜지 않았다. 신원 불명자가 갑자기 집으로 질주할지 모른다는 불안에 떨었다.

집단 발병 사태는 선린이 사는 오피스텔 단지까지 침범했다. 잠을 자다 누군가가 복도를 내달리는 소리에 놀라 깬 적도 있었다. 의국의 부서진 문고리가 떠오른 선린은 현관문에 안전 빗장쇠를 다섯 개나 추가로 달았다. 그래도 안전하다는 생각은 들지 않았다. 새벽에는 귀를 막고 이불을 뒤집어썼다. 그렇게 아진이 돌아오기를 기다렸다.

2차 대유행과 그로 인한 소요 사태는 보름이 지나서야 진정되었다.

바깥은 조용해졌다. 조용하다 못해 스산한 적막감마저 들었다. 선린은 조심스레 커튼을 걷고 밖을 둘러봤다. 사람은 보이지 않았다. 재해 생존 지원금은 언제부턴가 들어오지 않았다. 구청 전화와 메일은 먹통이었다. 식량과 생필품은 떨어졌다. 배달 서비스는 연결되지 않았다. 집 밑에 있는 편의점의 매대는 텅 비었다. 일하는 사람은 보이지 않았다. 선린은 주린 배를 움켜잡고 마른침을 삼켰다.

선린의 집에서 네 블록 떨어진 마트에는 사람들이 왕왕 돌아다녔다. 뭐 좀 물으려고 다가가면 그들은 부리나케 도망갔다. 사람들은 선글라스와 마스크를 쓰고 다녔다. 마트에서는 물병과 캔 몇 개를 구할 수 있었다.

"어?"

선린은 캔을 주머니에 주섬주섬 넣다 말고 소리 나는 쪽을 쳐다봤다. 검은색 잠바를 입은 남자가 서 있었다. 이 남자는 자신이 소리를 낸 것에 놀라 마스크 위를 두 손으로 꾹 막았다. 그러다 떨리는 손가락으로 선린을 가리켰다. 주변을 두리번거리던 남자는 마트 바깥으로 달려 나갔다. 남자의 외침에 의아함을 느낀 사람들이 삼삼오오 모이기 시작했다. 선린은 후드 티로 얼굴을 가리고 집으로 뛰었다. 스치는 사람들은 공포로 가득 찬 눈빛을 선린에게 던질 뿐 말을 걸지는 않았다.

사람들은 입을 닫았다. 어떤 말이 머릿속에서 꿈틀대는 바이러스를 자극할지 아무도 확신하지 못했다. 처음에는 타인에게 악담하지만 않으면 안전하다는 여론이 있었지만, 혼자 욕지거리를 중얼거린 사람, 심지어는 아이를 훈육하던 부모까지도 감염된 사례가 알려지면서 사람들은 그 어떠한 사회적 교류도 꺼리기 시작했다.

로지먼트 프리퀀시는 활성 조건을 주변 환경에 맞춰 바꿔나갔다. 사람들은 격리제 주사가 소용없다는 걸 알면서도 맞기 위해 침묵의 몸싸움을 벌였다. 그러다 또 질주했다. 벽에는 피가 작렬했다.

어느 순간부터였을까. '정신 알갱이'라는 아진의 단어가 사람들 사이에서 오르내렸다. 정신이 언어를 인식하기 직전 단계인 이 알갱이는 말의 형성을 의식하지 않으므로 뜻이 왜곡되지 않는다. 그러니 이상적으로 이 알갱이를 사용하면 인류는 로지먼트 프리퀀시로부터 자유로워질 수 있다. 많은 이들이 아진이 제시한 정신 알갱이를 증명하려 했다.

이 여론의 시작은 아이디 jin_will이 올린 한 영상이었다. 영상 속에서는 가면을 쓴 두 사람이 나왔다. '정신 알갱이 발신인'이라는 글귀가 박힌 티셔츠를 입은 사람은 문장이 적힌 팻말을 시청자에게만 보여준 뒤 귀에 생체 트랜지스터를 꽂았다. 트랜지스터를 가동한 발신인은 '정신 알갱이 수신인' 티셔츠를 입은 다른 사람을 노려봤다. 수신인은 팻말의 문장 그대로 움직였다. '엎드려서 절을 한 뒤 춤추세요'와 같은 우스꽝스럽고 맥락 없는 행동이었는데도 수신인은 그렇게 행동했다. 영상은 좋아요와 구독을 눌러달라고 강조하며 마무리되었다.

선린은 영상을 보며 웃었다. 아무리 얼굴을 가려도 영상 속 발신인은 아진이 틀림없었다. 아이디 또한 아진이 대학교 시절 쓰던 것과 같았다. 영상은 공개된 지 사흘 만에 인기 급상승 순위에 올랐다. 하지만 녹화 영상을 누가 믿겠냐며 욕설과 조롱을 쏟아 내는 댓글 반응도 적지 않았다.

그러자 jin_will은 복면을 쓴 채로 라이브 방송을 시작했다. 방송에서 그는 발표 자료를 띄우며 자막으로 시청자들에게 설명했다.

'생체 트랜지스터는 정신 알갱이를 증폭시킵니다.'

벼락 맞은 동그랗고 투명한 알갱이가 확 커지는 자료가 띄워졌다.

'증폭된 정신 알갱이는 전자기파처럼 매질이 없어도 전달됩니다.'

웃는 이모티콘이 박힌 알갱이는 공기를 가르며 날았다.

'이것은 파동이 아닌 선 그 자체라는 점에서 바이러스 활성화에 영향을 미치지 않습니다. 진동수가 없으니까요.'

빨판이 달린 바이러스는 근육을 뽐내는 알갱이 근처에 접근하지 못했다.

설명을 마친 jin_will은 실험을 통해 정신 알갱이가 전달되는 과정을 보여주려 했으나 촬영 환경이 안 좋았는지 한 번에 성공하지는 못했다. 욕설과 조롱은 여전히 쏟아졌으나 흥미롭다는 반응도 적잖이 생겨났다. jin_will의 영상은 이러니저러니 해도 사람들에게 살아남을 방법이 있을 거라는 희망을 심어주었다.

한편 자연이나 거대 구조물의 힘을 빌리는 사람들도 생겨났다.

해의 기운을 이용하기 위해 머리에 태양 전지를 얹고 다니는 사람, 폭포를 맞으며 영혼 에너지의 순도를 높이는 노인, 지구

핵 자기장에 근접하기 위해 땅속에 사는 남자, 세종대왕 동상 무릎 위에 가부좌를 틀고 몇 날 며칠을 버티는 학생 등 자연에 의탁해 이 시련을 이겨내려는 사람들의 경험 인증이 유행했다.

이들이 시도하는 방법의 대부분은 웃고 넘어갈 수준이었으나 때로는 '시도해 볼만 한데'라는 평가를 받는 것도 있었다. 그러나 막상 선린의 구미를 당기는 방법은 없었다.

시간이 더 흐르자 영상을 보면서 인상을 찌푸린 이가 창밖으로 뛰어내렸다는 소문이 돌았다. 영상을 올리는 유행은 꼬리를 감췄다. 사람들은 쓰는 것은 물론이거니와 보는 것도 두려워했다. 조회 수는 급감했다. 언어에 이어 이미지도 점차 희미해졌다.

인터넷은 잠잠했고 바깥은 고요했다. 마트와 편의점에는 쓰레기뿐이었다. 간간이 들어오던 수도와 전기는 결국 끊겼다. 선린은 받아둔 물로 생활했지만, 그럴 생각조차 하지 못한 사람은 조용히 죽어갔다. 보도블록 틈새는 잡초가 무성했고 깨진 도로에서는 새싹이 돋았다. 손질하지 않은 가로수 줄기는 도로에 홍예문을 만들었다. 담쟁이넝쿨은 벽을 타고 올랐다.

가끔 온갖 물품을 실은 검은색 트럭이 동네를 돌았다. 이 트럭은 짐칸 옆면을 활짝 열고 다녔다. 안에는 생수, 라면, 즉석

밥, 냉동식품, 건전지, 휴지, 드럼통 같은 것들이 들어 있었다. 적재함 덮개를 날개처럼 높이 세운 트럭은 적막한 길가를 지날 때마다 경적을 크게 울렸다. 사람들은 커튼을 젖히고 한쪽 눈만 빼꼼 내밀었다.

트럭 앞에 선 어떤 남자는 생수병 묶음과 컵라면 한 상자를 두 팔 가득 받아 들었다. 남자는 같이 나온 여자를 트럭으로 밀었다. 여자는 말없이 사지를 버둥거렸다. 여자의 눈은 벌겋게 충혈되었다. 이러한 저항에도 여자는 검은색 장갑 아래에 깔리고 말았다. 이 모든 걸 위에서 지켜본 사람들은 암막 뒤에서 침묵했다. 선린 역시 커튼을 서둘러 닫았다. 이후 선린은 경적에 반응하지 않았다.

어느 날은 매캐한 냄새가 창틈으로 스며들었다. 망설이던 선린은 커튼을 아주 조금 젖혔다. 저 길가에서 불타오르는 트럭이 보였다. 트럭 주변에는 사람들이 쓰러져 있었다. 선린은 커튼을 창틀에 못으로 박아버렸다. 시간은 계속 흘러갔다. 아무리 기다려도 아진은 선린을 찾아오지 않았다.

생존은 위협받았다. 목이 마른 선린은 화장실 문을 열었다. 수분의 흔적조차 없는 욕조. 바닥에는 먼지만 굴러다녔다.

선린은 화장실 문을 닫고 욕조에 누웠다. 빛 한 점 없는 공간 속에서 선린은 자신을 사유했다. 로지먼트종합병원을 빠져나오기 위해 고군분투하던 자신과 욕조에 누운 지금의 자신이 전혀 다른 사람처럼 느껴졌다. 이런 감정이 감각되는 이유에는 아진이 있었다. 떠도는 자와 머무르는 자 간의 대조. 목표를 가진 자와 목적을 잊은 자 간의 대비. 아진의 편지를 받았을 때부터 선린은 그가 부러웠지만, 집을 박차고 나가지 못했다.

선린은 생각을 떨치기 위해, 허기를 잊기 위해, 타인을 시기하지 않기 위해 자신과 마주하는 걸 택했다.

자신과 연결된 모든 걸 끊자고 생각하자 마음이 극도로 차분한 상태로 접어들었다. 관찰당하지 않아도, 말하지 않아도 자기 존재는 자신에게 포착되므로 굳이 뭘 하려고 할 필요는 없었다.

단절, 끝없는 단절. 절단, 과감한 절단. 눈을 감고 생각을 저 밑으로 내렸다. 잠은 자지 않았다. 머리는 굉장히 맑았다. 배고프지 않았다. 아무런 동요도 느껴지지 않았다.

선린은 먼저 자신과 타인을 자극하는 뜨거운 감정 뭉치를 덜어 냈다. 그다음 언어 체계를 어깨에서 내려놨다. 그 안에 들어 있던 말의 블록들을 꺼냈다. 이것들을 한데 뭉쳐 돌돌 굴렸다. 동그랗게 만 것을 비탈길에 굴려 보냈다. 비탈길의 끝은 아무엇도 보이지 않을 정도로 어두컴컴했다.

말을 털어 낸 선린은 기지개를 켰다. 뭔가가 물컹 만져졌다. 비탈로 떨어지지 않은 동그란 것이 선린의 어깨 위에 남아 있었다. 선린은 말려 있는 구체를 활짝 펼쳤다. 안에 든 건 아진과 쌓은 감정들이었다. 설레고 짜릿하고 행복했던 순간들. 서운하고 짜증 나고 화도 났지만 그럼에도 소중한 관계의 흔적들. 말하지 않아도 알 수 있는 사랑의 자취들. 선린은 이것을 품에 꼭 안은 뒤 가슴 안으로 꾹꾹 눌러 넣었다.

얼마나 지났을까. 시간이 흐르긴 했을까. 붕 떠 있는 선린이 천천히 욕조로 내려왔다. 누군가 문 앞에 서 있었다. 소리는 나지 않았다.

잠시 뒤 아진이 선린을 불렀다. 선린은 어둠 속에서 눈을 떴다. 욕조에서 일어나 문을 열었다. 아진이 서 있었다. 둘은 부둥켜안았다. 감정이 알갱이를 타고 서로에게 전달되었다. 눈물이 서로의 살을 적셨다. 살은 따듯하고 부드럽게 녹아내렸다.

언어가 사라졌다.

이윽고, 평온이 찾아왔다.

랩에서 생긴 일

눈을 뜨자마자 마른기침이 터졌다. 들썩거리는 등이 바닥에 부딪히면서 올라온 찌릿한 통증이 머릿골을 울렸다. 귀에서는 삐, 하는 소리가 났고 혀에서는 짠맛이 났다. 몸을 왼쪽으로 돌려 모로 누웠다. 손을 입에 넣어 손가락으로 혓바닥을 긁었다. 끈덕진 침이 손가락을 타고 손등으로 흘렀다. 헛구역질이 몇차례 나오자 기침이 멎었다.

가늘게 뜬 눈으로 주변을 살폈다. 천장에선 새빨간 빛이 돌아갔다. 원을 그리는 빛은 엎드린 나를 천천히 스치더니 빠르게 내 쪽으로 돌아왔다. 광선 검 같은 빨간빛을 피해 자세를 더욱 낮췄다. 무슨 일이 벌어졌는지 파악하려 애썼으나 정신이 멍했다. 영하 10도의 추운 날씨에 귀싸대기를 맞은 것 같았달까.

한동안 엎드린 채 숨만 쉬었다. 바닥은 축축했고 귓속에서 나는 소리는 점차 작아졌다. 대신 넓적한 놋그릇을 쇠막대로 마구 두들기는 쇳소리는 점점 커졌다. 눈을 비비며 돌아누웠다.

천장에 달린 스프링클러는 물을 분사했고, 복도에서는 화재경보기가 울렸다. 물방울이 얼굴에 사뿐히 내려앉았다. 흰 가운은 흠뻑 젖었다. 몸을 제대로 가눌 수 없었다. 상체를 일으킬 수 없는 게 질척이는 가운 때문인지 어딘가를 다쳐서인지 구분하기 어려웠다.

어디가 어떻게 불편한지 모호했지만 이렇게 누워 있으면 안 된다는 것만은 확실했다. 이대로 누군가가 나를 구조해 주기를 기다리다가는 대학원에서 내쫓기는 것은 물론 형사 처분을 받을 수 있었다. 뭐든 해야 했다. 긴장으로 딱딱하게 굳은 목덜미에 온 신경을 집중했다. 그러자 상체를 천천히 일으킬 수 있었다.

실험대에 있는 기구에서 난 불은 대부분 진화되었다. 후드에 달린 분말형 비상 소화 장치가 제때 작동한 것 같았다. 그렇다고 상황이 끝난 건 아니었다. 실험대 바닥에는 파란색 잔불이 일렁였다.

소화기가 있는 연구실 모퉁이까지 기어갔다. 간신히 소화기를 잡았으나 안전핀이 뽑히지 않았다. 녹슨 안전핀이 손잡이와 엉겨 붙었다. '각 연구실 환경 담당자는 새 소화기를 로비에서 가져간 뒤 장부에 사인을 하라'는 총무국 공지를 가볍게 무시한 기억이 떠올랐다.

'왜 그렇게 경솔했지.'

두 손으로 머리를 감싸며 눈을 찡그렸다. 고개를 다시 들자, 소화기 옆 수납장 문이 살짝 열려 있는 게 보였다. 퍼뜩 떠올랐다. 지난 학기에 총무국에서 지급한 스프레이형 소화기가 저기 있을 것이다.

문을 열고 팔뚝 크기만 한 스프레이형 소화기를 들었다. 탁자를 잡고 간신히 일어난 나는 실험대에 대고 내용물이 다 닳아 없어질 때까지 스프레이를 뿌렸다. 하얀 분말이 폴폴 날렸다. 잔불은 스러졌다.

바닥에 털썩 주저앉아 한숨을 내쉬었다.

랩 폭발은 순도 99.8퍼센트의 에탄올로 밀주를 만들다 일어났다. 나는 에탄올에 방부 효과는 물론 달면서 쓴맛을 내는 프로필렌글리콜과 향미를 돋우는 글루탐산나트륨을 넣고 영상 120도로 증류했다. 단맛이 돌면서 목 넘김이 부드러운 술을 만들기 위함이었다.

밀주 제조는 은밀하면서 재빨라야 했기에 증류하는 동시에 사용이 끝난 실험 기구를 세척했다. 사고는 실험 기구를 씻은 손을 털다가 일어났다. 물이 기름 중탕에 떨어지면서 기름이 튀었다. 튄 기름은 바로 옆의 에탄올이 담긴 비커로 낙하했다. 뜨거운 기름이 에탄올에 들어가면서 알코올이 순식간에 기화, 팽창해 폭발했다. 내 손에서 족히 2미터는 날아간 물 한 방울이 이 사달을 일으킨 것이었다.

유리로 된 실험 기구들은 산산이 깨졌다. 실험대는 검게 그을렸다. 후드는 찌그러졌다. 바닥은 온통 물바다였다. 에탄올이 담긴 플라스틱 통은 나뒹굴었다. 술을 담을 공병이 든 나무 상자는 쪼개졌다. 상자에서 튀어나온 병들은 조각조각 흩어졌다. 수습할 수 없는 광경. 몸에는 힘이 들어가지 않았다. 거대한 해일이 밀려오는데 허리까지 모래에 파묻혀 옴짝달싹하지 못하는 기분이었다.

곧 닥칠 미래가 파노라마처럼 펼쳐졌다.

대학원에서 쫓겨나면 신용 대출의 조기 상환이 실행될 것이다. 어딘가에 적을 두지 않고는 갚을 수 없는 금액이다. 장기 하나를 떼 내야 할지도 모른다. 교수도 가만히 있지 않을 것이다. 랩의 장부를 조작해서 구매한 순도 높은 에탄올과 그 외의 시료들, 채점 조작을 조건으로 학부생들에게 받은 선납금, 교수의 책상 서랍 제일 아래 칸에서 훔친 고급 양주. 들통날 사안은 한둘이 아니었다.

밀주로 벌어들일 수익을 예상하고 최고 사양의 맥북 프로와 최신 아이폰을 할부로 샀는데 이건 어쩌지. 가족에게 어떻게 말할지는 둘째 치고 감옥에 가지 않을 수 있을까. 대학원에서 교수 비위 맞추며 노비처럼 일하다 끝내 탈출하지 못하고 인생이 끝장날 줄이야.

"이렇게 끝인가."

눈앞이 까매졌다. 아무것도 보이지 않았다. 나는 차라리 눈을 감았다. 무언가를 보려고 하지 않았다. 스프링클러가 뿌리는 물이 정수리를 촉촉이 적시는 감촉만이 이게 꿈이 아니란 걸 깨닫게 해줬다. 선반에 등을 대고 한숨을 쉬었다.

그때, 닫힌 눈꺼풀 사이로 어떠한 반짝임을 인지했다. 노란 빛이 왼쪽 오른쪽으로 왔다 갔다 했다. 빛이 눈꺼풀 안쪽을 긁는 감촉은 시원하면서도 오묘했다. 현실이 아닌 것 같았다. 모든 게 꿈이었나? 하지만 꿈이라고 치부하기에는 밀주 생태계를 대학원에 홀로 구축한 경험이 손바닥에 고스란히 남아 있었다.

아하, 그럼 내가 실은 폭발로 죽었구나.

"하하."

허탈하게 웃었다.

"얼씨구!"

억센 억양의 목소리가 들렸다.

"눈 안 떠!"

이 목소리는 내게 명령했다.

나는 떨리는 눈꺼풀을 천천히 떴다. 내 앞의 존재는 날카로운 송곳니가 달렸을까? 검은색 슈트를 빼입은 도깨비일까? 그것도 아니면 옻칠한 갓을 쓰고 있을까?

"…"

눈앞에 나타난 건 10밀리리터 크기의 삼각플라스크였다. 동전 크기만 한 좁은 주둥이에 손바닥보다 작은 삼각형 몸통을 가진 이것은 노란빛을 뿜었다. 그 뒤로 그을린 실험대가 보였다.

나는 사후 세계가 아니라 여전히 연구실에 있었다. 폭발로 유리 기구가 산산조각 난 상황에서 삼각플라스크는 흠집 하나 없이 온전했다. 그보다 더 기묘한 건 삼각플라스크가 날고 있다는 것이었다. 아니, 더 괴이한 건 삼각플라스크가 말하는 것이었다.

"네가 감히 내 연구실을 이렇게 망쳐? 어휴."

삼각플라스크의 주둥이가 고무처럼 벌름거렸다. 그것은 내 머리 위를 빙빙 날아다니면서 발광했다.

"너는 뭐지?"

나는 떨리는 목소리로 물었다.

"뭐어지이? 감사하다는 인사는 하지 못할망정 그게 네가 할 소리냐? 내가 얼마나 힘들게 초기 진압을 한 줄은 아니?"

화재 경보음이 꺼지고 스프링클러가 멈췄다. 둘러보니 랩의 창문은 모두 깨져 있었다. 밖은 어두웠다. 복도를 통해 묵직한 발걸음이 달려오는 소리가 들렸다. 삼각플라스크는 문 앞으로 날아갔다가 내게로 날아왔다.

"널 위해 하는 거 아니다."

던지듯 말한 삼각플라스크는 높이 날아올랐다. 천장에 통 부딪힌 삼각플라스크는 태양과 같은 밝은 빛을 내며 온몸을 부르르 떨었다. 삼각플라스크의 잔상이 번쩍거려 눈이 따끔거렸다.

잔상들은 공중에서 원을 그렸다. 그러자 흩어져 있던 유리 조각들이 떠올랐다. 떠오른 작은 조각들은 다른 조각들과 이어졌다. 예리한 단면이 찰흙처럼 부드럽게 붙었다. 분주히 제짝을 찾는 조각들이 공중을 획획 날아다녔다.

에탄올을 담았던 비커, 크로마토그래피 칼럼, 시약을 옮기는 피펫, 술을 받는 리시버… 실험 기구들이 제 모습을 찾았다. 그을린 실험대는 멀쩡해졌다. 바닥과 선반은 깨끗해졌다. 깨진 창은 윤이 나는 새 유리로 바뀌었다.

이 광경을 멍하니 바라보는 나는 말문이 막혔다. 무슨 상황인지 생각할 겨를도 없이 무언가가 내 발을 툭 치고 지나갔다. 에탄올이 담긴 플라스틱 통과 공병을 넣은 나무상자가 수납장 깊숙이 들어갔다. 턱이 바닥에 떨어질 것만 같았다.

"표정 관리해라."

삼각플라스크는 꾸짖듯 말하고는 연구실 풍경 속으로 자연스럽게 녹아들었다. 곧이어 소방관들이 문을 박차고 들어왔다. 그들은 랩을 둘러보더니 방독면을 벗었다. 나는 두 눈을 끔벅거리며 에탄올로 손을 소독했다. 소방관들을 향해서는 어색하게 웃었다.

"무슨 일이죠?"

나는 두 손을 비비며 태연한 목소리로 물었다. 소방관들은 헬멧을 바닥에 떨어뜨리며 한숨을 쉬었다.

*

체내에서 에탄올의 독성 물질이 아세트알데하이드로 산화하는 걸 방지하는 물질을 만드는 실험은 계속 실패했다. 취하지만 숙취 없이, 중독되지만 암 걱정 없이 술을 마시게 해주는 물질의 개발은 랩이 맡은 과제 중 하나였다. 이 과제 수행을 위해 제약사에서 랩을 지원했다.

나는 에탄올이 아세트알데하이드를 거치지 않고 아세트산으로 바로 넘어간 뒤 체외로 배출되려면 어떤 구조를 가진 효소가 필요한지를 추론하는 일을 했다. 에탄올에 각종 효소와 화합물을 첨가하며 실험을 반복했지만, 유의미한 추론을 얻어내는 건 쉽지 않았다. 이러한 발견이 내 손에서 뚝딱 끝날 일이었으면 인류가 술을 마셔서 또는 마시지 못해서 생기는 문제들은 진작에 누군가가 해결하고도 남았을 것이다.

교수에게 이 과제를 받았을 때 나는 랩을 당장 떠나라는 그의 숨은 뜻을 어렵지 않게 알아차렸다. 언제 성공할지 알 수 없는 실험이 대학원생에게 부여되는 건 '그런' 의미였다.

안타깝게도 나는 교수의 뜻을 겸허히 받들 수 없었다. 대학원을 수료하지 못한 채 나가서 갈 곳은 집뿐이었다. 학부를 졸업한 지는 꽤 지났으므로 최종 학력란에 '학사'를 써서 취업할 수 있는 회사는 없었다. 그저 자신의 시중을 들 대학원생이 필요해 교수가 날 뽑았다는 것을 알고도 순순히 나갈 수 있는 처지가 아니었다. 더욱이 학부생들은 시험을 치르기 전이었다. 그들 중 일부의 채점을 조작해 주는 대신 받은 선납금은 이미 휴대 전화를 바꾸는 데 써버렸다. 설사 내가 떠나고 싶다 해도 나는 그럴 수 없는 빈털터리였다.

내가 실험대를 붙잡을 때마다 교수는 혀를 찼다. 나는 그 소리를 최대한 무시하려 눈을 부릅뜨고 실험 기구들을 쳐다봤다. 노려본다고 별다른 일이 생기는 건 아니었지만 최소한 잔소리는 피할 수 있었다.

집에 가지 못한 지 석 달쯤 된 어느 날이었다. 새벽 1시였나, 만취한 교수를 집까지 태워다 주고 랩으로 돌아오는데 서러움이 울컥 올라왔다. 처음 있는 일도 아니었는데 그날따라 우울했다. '이런 것'들을 예상하지 못하고 대학원생이 된 건 아니었지만 상황이 나아질 거라는 기대가 없으니 미리 아는 것이 무슨 소용인가 싶었다. 내가 무슨 생각을 하는지 헷갈릴 정도로 정신이 혼미했다.

실험 기구에서는 정체 모를 액체가 떨어지고 있었다. 나는 멍하니 그걸 쳐다봤다. 액체는 주르륵 흘러 실험대의 모서리에서 방울지더니 내 허벅지로 떨어졌다. 베이지색 면바지는 얼룩졌고 살갗은 싸하게 시원했다. 액체가 기화하면서 주는 시원함이 나쁘지 않았다.

에탄올이 든 1리터 크기의 시약병이 가까이 놓여 있었다. 그 뚜껑을 열고 500밀리리터 크기의 비커에 3분의 1 정도 되는 양을 채웠다. 얼굴을 비커 가장자리에 바짝 붙였다. 술 냄새가 코로 확 들어왔다. 미간을 찡그리며 코를 손으로 훔치자 무슨 소리가 들렸다.

퐁퐁.

소리에 집중하며 한쪽 눈을 감았다. 에탄올 표면에서 아지랑이가 희미하게 피어올랐다. 휘발성 물질인 에탄올이 기체로 변해 공중으로 날아가는 게 보였다. 귀를 비커에 바짝 붙였다.

팡팡.

액체는 기체로 변하면서 폭죽처럼 날아올랐다.

"본 물질은 랩을 벗어나 어디든 갈 수 있다오. 하하."

흐느적거리는 에탄올 아지랑이는 아주 거만하게 말했다.

나는 상체를 번쩍 일으켜 세우고는 주먹으로 책상을 쳤다. 교수 대리 기사 노릇을 하는 대학원생을 남겨두고 어딜 가겠다는 것인가! 랩에 갇혀 불가능한 과제를 수행하는 나를 버려두고 감히 에탄올 따위가 어디로 날아가겠다는 건가!

비커에 누가 먹다 남겼는지 모를 레몬 맛 탄산수를 콸콸 따랐다. 미세 방울이 이리저리 튀었다. 나는 아무 거리낌 없이 비커에 든 액체를 쭉 들이켰다.

비커에 든 그것은 이제껏 마셔본 것 중 가장 술 같았다. 단지 취하기 위해, 취하면 뭔가 달라질까, 하는 마음에 마시는 그런 알코올이 아니었다. 에탄올과 탄산수의 조합은 나를 기포 위에 올려놨다. 교수를 향한 증오는 스스로를 향한 위안으로 승화되었다. 뜨거워지는 식도에서는 기포가 팡팡 터졌다. 혀에는 달착지근한 맛이 남았다. 입술은 기분 좋게 화끈거렸다.

쾌감을 만끽하던 나는 문득 이런 생각을 했다. 술이 체내에서 독성 물질로 산화하는 것을 막겠다는 시도는 인간의 오만하기 짝이 없는 허상일 뿐이라고.

대가 없는 쾌락을 누리려 하다니, 얼마나 한심한 발상인가. 이게 도둑놈 심보가 아니면 무엇이란 말인가. 환희는 고통이 따라야 진정 완성된다는 것을 알면서 왜 외면하려 할까.

교수가 무슨 생각으로 불가능한 연구를 시작했는지 당최 이해되지 않았다. 이 연구 주제를 수용한 당사자는 독성 물질을 잔뜩 마시고 랩에서 대기하는 가련한 대학원생을 대리 기사로 부려먹고 있다. 이 행동이야말로 주변을 해롭게 하는 독 그 자체가 아닌가? 그렇다. 해로운 건 술의 독성이 아니라 바로 사람의 심보다. 사라져야 할 건 아세트알데하이드가 아니라 대가 없는 쾌락을 바라는, 그걸 위해 주변에 독을 뿌리는 인간의 마음이다.

내가 랩에서 해야 할 일은 대가 있는 쾌락을 제공하는 것이었다. 반동이 있어야만 진정한 낙을 느낄 수 있다는 것을 깨닫게 해주는 선지자가 되는 것이었다.

나는 나의 사유에 감탄하면서 비커에 이것저것을 거듭 부었다. 그러다 기억나지 않는 어느 순간 곯아떨어졌다.

엎드려 있던 실험대에서 상체를 일으켰을 때 뺨에는 종이 한 장이 붙어 있었다. 입술을 비비자 툭 떨어진 종이는 침에 젖어 우둘투둘했다. 종이에는 삐뚤빼뚤한 글씨로 밀주 제조 반응식이 촘촘히 그려져 있었다.

이때만 해도 나는 날아다니면서 말하는 삼각플라스크를 만날 거라곤 상상조차 하지 못했다.

*

삼각플라스크는 실험대를 통통 걸어 다녔다. 정확히는 살짝 뛰어올랐다가 사뿐히 착지하는 걸 반복했다. 그만 뛰는 건가 싶으면 다시 통, 소리가 두 번씩 울렸다.

통통. 통통.

소방관이 철수한 랩은 삼각플라스크가 실험대를 오가는 소리로 채워졌다. 동트기 직전이라 소리는 천장으로 튀었다. 나는 삼각플라스크가 오가는 모습을 꼼짝하지 않고 지켜봤다. 손바닥보다 작은 이것이 움직일 때마다 어깨가 움찔거렸다. 시선은 되도록 낮췄으며 말문은 열지 않았다.

"나는 모린이야. 너는?"

대답이 나오지 않았다.

"이름이 뭐냐고."

딱딱히 굳은 나에게 모린은 혼내는 어투로 물었다.

"진형, 김진형입니다."

간신히 대답했다.

"후….."

모린은 귀여운 외모와는 어울리지 않는 중후한 목소리로 계속 한숨을 쉬었다. 나는 어깨가 둥글게 말렸다. 모린은 큰 숨만 연거푸 내뱉었다. 소리가 튀는 냉랭한 공기가 불편해 나도 모르게 헛기침했다. 모린이 내 쪽으로 몸을 돌렸다. 눈이 어디 있는지는 정확히 모르겠지만, 그가 나를 못마땅하게 노려보는 것만은 확실히 알 수 있었다. 나는 그의 시선을 피하려 주변을 둘러봤다.

랩은 폭발 이전의 모습으로 되돌아갔다. 화재의 흔적은 남아 있지 않았다. 모린은 랩을 원래대로 되돌리기 위해 노란빛을 뿜으며 날아다녔다. 그 빛은 제대로 쳐다보지 못할 정도로 밝았다.

나는 모린의 능력이 궁금해졌다. 모린은 엔트로피는 증가할 뿐*이라는 열역학 둘째 법칙을 거스르는 존재일까. 아니면 질

---

* 실험실은 갈수록 난장판이 될 뿐이다. 정리 정돈된다는 건 있을 수 없는 일이다.

량을 가진 물체는 빛보다 빠를 수 없다는 상대성이론을 파괴하고 시간을 되돌릴 수 있는 것일까.

긴장이 풀어지지 않자 오히려 머리가 빠르게 돌아갔다. 모린은 내게 극한의 스트레스와 함께 아주 오랜만에 느끼는, 대학원생이라면 누구나 상실해 버렸을 호기심이란 걸 깨워줬다.

"널 위해 한 게 아니라는 말은 들었지?"

"네."

고분고분 답했다. 모린은 공중에 떠올라 둥실둥실 움직였다.

"나는 이 랩의 정령이야. 언제부터였는지 기억나지 않을 정도로 오래전부터 이 삼각플라스크에 내 영혼을 담아뒀지. 랩에 있는 것들을 관장하는 게 내 일이야. 나는 이 랩을 수호하고 지배하는 존재인 거지."

긴 설명을 듣자, 반사적으로 몸의 긴장이 풀렸다. 나는 의자에 천천히 앉았다.

"그래서 저를 도와주신 건가요?"

"여태 뭐 들었니?"

모린의 어조가 올라갔다. 나는 골반이 편안함을 찾기도 전에 다시 일어섰다. 모린은 한껏 예민해진 어투로 덧붙였다.

"연구실에 사람들이 들이닥쳐서 수리한다고 온갖 군데를 들쑤셔 놓으면 내 영혼이 지금과 같을 거라고 장담할 수 있겠어? 안 그래도 연구실이 낡고 좁아지면서 힘이 약해지고 있었단 말이야. 그런데 연구실에 남은 기구며 바닥과 벽을 몽매한 인간들이 뒤엎으면 내가 어떻게 될지는 아무도 모르는 거야. 최악을 가정하면 네가 저지른 사고 때문에 이곳이 폐쇄될 수도 있겠지. 그럴 수는 없어. 내가 용납하지 못해. 이건 나를 위한 거야. 날 위해 연구실을 간신히 되돌려 놓은 거라고. 알겠어?"

"죄, 죄송해요."

"그렇게 사과만 하고 끝날 일은 아니지 않겠니? 어찌 됐든 난 네 생명의 은인이잖아."

"원하는 거라도 있으신가요?"

나는 당당하게 물었다. 가진 거라곤 밀주 제조 방식과 학부생의 주머니를 터는 잔재주뿐인 내가 모린에게 해줄 수 있는 건 없었다.

"이거 제대로 해보자. 내가 도와줄게."

모린은 폭발이 일어났던 실험대 위에서 통통 튀며 말했다.

"대신 너는 내가 원하는 만큼 랩이 확장될 때까지 여기를 벗어나지 않는다는 계약을 나와 체결하는 거야."

나는 눈이 동그래졌다. 모린의 말은 뜻밖이었다. 랩 밀주 제조는 일종의 해방구를 찾기 위해 시작한 일탈이었다. 교수는 가끔 '옛날에는 화학 실험실에 있는 에탄올을 그냥 마시고도 죽지 않았다'는 영웅담 같은 농을 했다. 나는 술안주로만 사용된 그 이야기에서 착안해 양조 기술을 발전시켰다. 각종 시약을 첨가해 나만의 랩주Lab酒를 만들었다. 이 랩주를 혼자 마시기 아까워 안면이 있는 선후배에게 한두 병 건넸을 뿐이었다.

같은 처지인 대학원생들에게 랩주를 판매하기 시작한 지는 얼마 되지 않았다. 소소한 양의 술을 만들어 수수한 가격에 팔아 소박한 용돈이나 마련하자는 거였지 사업이라고 생각한 적은 없었다. 고통이 뒤따르는 환희를 제공하는 데에 따른 반항심에 기인한 순수한 기쁨이 더 컸다. 그런데 모린은 이걸 키우자고 했다. 기쁘면서도 한편으로는 미심쩍은 마음이 가시지 않았다. 모린은 왜 나의 랩주 제조를 눈여겨보고 있었던 걸까.

"당신이 얻는 건 뭡니까?"

의자에 앉으며 물었다. 모린은 플라스크를 고정하는 집게 모양 클램프에 목을 기댔다.

"나는 네가 태어나기 전부터 여기에 있었어. 근데 이거 봐. 녹슨 클램프는 삐걱거리고 실험대 나무는 썩고 있지. 너희는 실험 기구를 깨면 버릴 뿐 채워놓지를 않아. 또 왜 그렇게 더럽게 씻는 거야? 고장 난 소화 장치는 어떻고! 내가 위험을 무릅쓰고 버튼을 누르지 않았으면 너는 이미 죽었을 거야. 나랑 대화하는 기회조차 없었을 거라고."

모린은 주둥이를 바쁘게 오물거렸다.

"너희는 이 연구실을 소중히 여기지 않아. 바보 같은 짓거리
만 반복하면서 말이지. 핵자기공명분광기 하나가 없어서 옆 건
물까지 실험 결과물 들고 가는 미련한 짓은 언제까지 할 건데?
거기 있는 것도 엄청 고물이라며? 나는 이 랩의 정령이야. 낡고
깨지고 없어지면서 내 힘이 약해지고 있단 말이야. 알아들어?"

"그 말은 밀주 사업으로 돈을 벌어서 연구실을 새로 꾸미라
는 거죠?"

"맞아."

"랩 확장은 어디까지를 말하는 건가요?"

모린은 잠시 뜸을 들였다. 그는 목을 클램프에 기댄 채 몸통
을 좌우로 천천히 굴렸다. 유리가 책상을 구르는 소리가 랩을
채웠다. 침을 꿀꺽 삼켰다. 그러다 소리가 뚝 그쳤다. 모린은 클
램프에 기댄 목을 바로 세웠다.

"모든 실험 기구를 새로 세팅하고 분광기 하나 마련하는
정도?"

나는 조그맣게 벌린 입으로 숨을 조심스레 내뿜었다.

나쁘지 않은 내용이었다. 석사를 따기 위해서는 최소 2년은

더 랩에 있어야 한다. 박사까지 여기서 한다면 언제 나갈 수 있을지 알 수 없다. 랩주 제조는 내가 여기서 유일하게 보람을 느끼는 일이다. 이 일을 모린이 도와준다면 용돈 벌이 정도에서 끝나지 않을 것이다.

모린의 조건 역시 실현 불가능한 게 아니었다. 이미 대학원에 잡힌 노후 설비 최신화 예산이 있었다. 만취한 교수가 "우리도 분광기 하나 있어야 하지 않을까"라고 자동차 뒷자리에서 나지막이 말하는 걸 들은 기억도 났다. 나 혼자 맨땅에 헤딩하듯 랩을 새로 꾸밀 필요가 없다는 뜻이다. 더군다나 사업 파트너가 기묘한 능력이 있는 정령이라니. 든든한 뒷배를 얻은 것 같아 어깨가 으쓱 올라갔다.

나는 이 기분을 모린에게 들키지 않으려 큼큼, 목을 가다듬었다.

"생각할 시간이 더 필요해?"

"아니 뭐… . 괜찮은 거 같습니다."

"그럼! 괜찮지. 내가 어떤 정령인데."

"계약은 어떻게 해야 합니까? 계약서라도 작성할까요?"

나는 맥북 프로를 열었다. 모린은 호탕하게 웃었다.

"그런 건 필요 없어."

공중에 떠오른 모린이 내 정수리 위에 올라탔다. 무슨 일이 생길지 알 수 없어 올려다보지는 못했지만, 제자리에서 도는 모린이 주둥이를 오므릴 수 있을 만큼 오므리는 모습이 창을 통해 보였다. 순간, 파란빛이 번쩍였고 내 정수리를 통해 들어온 전기 같은 느낌의 무언가가 발가락으로 빠져나갔다. 나는 등골이 찌릿해 고개를 좌우로 덜덜 떨었다.

"계약 완료. 책상에 놔둘게."

모린은 이 한마디를 남기고 떠났다. 그는 랩의 한쪽 구석 합판을 들추고 그 속으로 쏙 들어갔다. 종이 한 장이 팔랑거리며 책상에 떨어졌다. 나는 에탄올로 손을 소독하고 종이를 만졌다. 그건 계약서였다. 아주 작은 글씨가 종이 양면에 빽빽했다. 나는 내용을 빠르게 훑었다.

모린(이하 '갑')과 김진형(이하 '을')은 다음과 같이 유기화학 연구실험실의 확장에 대한 계약을 체결하며 상호 신뢰와 성실로써 준수 … 을은 랩주 제조를 통해 발생하는 이익 전부를 유기화학 연구실험실 확장을 위해 사용 … 갑은 랩주의 품질 향상을 위해 노력하는 자세를 … 랩주 제조를 위해 사용되는 재료의 역외 반출은 제한 … 을이 서식을 갖춰 갑에게 제때 알리지 않으면 계약은 자동 갱신…

미간을 구기고 종이에 코를 박고 있는데 복도 저 끝에서 구 듯발이 타박타박 울렸다. 소리만으로도 교수 발소리라는 걸 알아챘다. 나는 계약서를 꼬깃꼬깃 접어 가운 주머니에 쑤셔 넣었다. 문이 열렸다. 랩에 들어선 교수는 나를 보고 반 발짝 뒤로 물러섰다가 다시 들어왔다. 연구실은 그 어느 때보다도 말 끔했다. 교수는 아주 잠시 방을 제대로 들어온 게 맞나, 하고 생 각한 것 같았다.

나는 아주 밝은 표정을 지으며 큰 목소리로 "오셨습니까"라 고 인사했다.

*

랩주는 뒤끝에 대한 지적을 많이 받았다. 랩주는 혀에 닿을 때 단맛을 냈고 입에서 돌 때 풍기는 쓴맛은 그윽했으며 목 넘 김은 부드러웠으나 넘기고 나서가 문제였다.

술이 식도로 넘어가면 개운치 못한 뒤끝이 목구멍과 혀를 맴돌았다. 혀를 깨물어서 난 찝찔한 피가 입 전체에 얇게 덮인 느낌이랄까. 이 뒷맛을 없애기 위해선 쩝쩝거리거나 물로 입을 헹궈야 했다.

이 정도의 단점은 장점을 가릴 정도는 물론 아니었다. 랩주를 구매하는 대학원생들은 원료가 식용 에탄올이 아닌 걸 모르지 않았다. 오히려 실험용 에탄올이 이런 독특한 맛을 내는 거냐며 감탄했다.

입소문이 퍼지면서 랩주를 돈 주고 사서 마시는 사람들은 조금씩 늘었다. 개운치 못한 뒷맛은 랩주를 통해 느낄 수 있는 쌉쓰름한 단맛과 저렴한 가격을 고려했을 때 충분히 용인할 수 있는 수준이었다.

모린은 랩주 맛의 문제점이 무엇인지 잘 알고 있었다. 그는 개운치 못한 뒷맛은 석유에서 뽑아낸 에틸렌의 잡내에서 오는 거라고 했다. 나 역시 그 특유의 공업용 향을 없애야 한다는 걸 모르지 않았다. 방법이 없을 뿐이었다.

에탄올의 잔류 물질이라고 할 수 있는 폴리에틸렌이나 다이에틸에테르 또는 수은 결합물 같은 것들은 제거할 수 없었다. 이미 정제되어 나오는 시약용 에탄올의 순도를 더 높이는 건 랩의 기술력으로는 불가능했다. 제거가 가능하다고 해도 그 과정을 거치면 가격이 많이 올라갈 것이므로 시도할 생각조차 하지 않았다.

그간의 밀주 제조 과정을 듣는 모린은 클램프에 기댄 채 누워 있었다. 모린은 주둥이를 오므리면서 한숨을 쉬었다. 작은 몸뚱이에서 꽤 센 바람이 나왔다.

"그건 네 기준이고."

모린이 클램프에 기댄 목을 떼며 말했다. 나는 고개를 갸우뚱했다.

"나는 할 수 있어."

"정말로요?"

"잘 봐라."

모린이 몸을 둥실 띄웠다. 그러더니 마치 순간이동을 하는 것처럼 공중 여기저기를 아주 빠르게 날아다녔다. 시약병들이 열고 닫히는 게 너무 빠른 나머지 무슨 물질이 모린에게 들어가는지 분간할 수 없었다.

모린은 10밀리리터 크기의 몸뚱이를 투명한 액체로 가득 채우고는 천장으로 날아올랐다. 삼각플라스크는 노란빛을 내며 발발 떨었다. 만화에서 본 분신술처럼 모린의 잔상이 나타났다. 그는 진동을 통해 열을 내고 있었다. 나는 두 손을 맞잡으며 눈망울을 반짝였다. 진동을 멈춘 모린은 천천히 내려와 결과물을 보여줬다.

"어떠냐."

모린이 숨을 헐떡이며 말했다. 달라진 것은 없어 보였지만 나는 설레는 마음을 감추지 못하고 빠르게 손을 에탄올로 소독했다.

"시, 실례하겠습니다."

"오냐."

소독한 손을 모린에게 뻗었다. 모린의 목을 검지와 엄지로 살며시 잡았다.

알코올 도수를 45도로 희석한 랩주병에 모린을 기울였다. 무색의 액체가 병 안으로 들어가면서 회오리를 일으켰다. 병 안을 잔잔히 휘감은 회오리는 아래쪽으로 내려가더니 다시 입구쪽으로 올라오다가 사라졌다. 나는 젓개로 내용물을 젓고 혹시 층이 분리되지는 않는지 관찰했다.

5분간 지켜봤지만, 별도의 층이 생기지는 않았다. 텀블러에 랩주를 따랐다. 모린은 클램프로 비척비척 다가가 몸을 기댔다. 열을 낸 탓에 체력이 떨어진 것 같았다.

나는 모린을 슬쩍 쳐다본 뒤 텀블러를 입으로 가져갔다. 술을 입에 넣고 우물거렸다. 미끈한 느낌은 없었다. 입안에서 두어 바퀴 돌리고 나서 다시 서너 바퀴를 돌렸다. 천장을 보며 입을 벌리고 목에서 공기를 내보냈다. 술이 부글거렸다. 풍미를 충분히 느끼고 랩주를 꿀꺽 삼켰다. 그리고 나는 질끈 감은 눈을 한동안 뜨지 못했다.

"와…."

술은 부드럽게 목을 넘어갔다. 대학에 합격했을 때의 기억이 떠올랐다. 그때는 대학에만 합격하면 아주 밝은 미래가 보장되는 줄 알았다. 합격 소식을 들었을 때 느낀 환희는 무엇과도 비교할 수 없었다. 억만장자도 대통령도 부럽지 않았다. 내 머리는 구름에 닿을 것 같았다. 그랬다. 나는 이런 찬란한 감정을 느낄 줄 아는 사람이었다. 한동안 잊고 있었던 감각이었다.

텀블러를 내려놓고 잠시 감상에 빠졌다. 그때의 환희를 떠올리자, 합격 소식을 들은 엄마의 눈물을 기억하자, 코끝이 찡했다. 참으려 했으나 참기 위해 주먹을 꽉 쥐었으나 콧물이 훌쩍거리는 걸 막을 수 없었다. 한편으로는 지금까지 살면서 가장 행복한 기억이 대학에 합격했을 때라는 게 왠지 서글펐다. 정말 얄팍한 인생을 살았구나. 코를 또 훌쩍였다.

"내가 할 수 있다고 했지."

모린이 키득거리며 말했다. 나는 눈가에 맺힌 눈물 한 방울을 훔치며 고개를 끄덕였다.

"정말… 정말, 너무 대단하네요. 진심입니다."

"청승은 혼자 떨어라."

모린은 천장으로 쏙 들어갔다. 말은 야박하게 해도 이런 상황에서 자리를 피해주는 삼각플라스크. 나는 마음 놓고 훌쩍이면서 모린의 첨가제를 넣은 랩주를 한 모금 더 마셨다. 깔끔한 뒷맛은 다음 잔의 맛을 궁금하게 하는 여운을 남겼다.

모린의 도움으로 랩주의 잡내를 없애는 첨가제 합성에 성공한 나는 하나의 궁금증을 풀고 하나의 걱정거리를 얻었다.

모린이 가진 능력의 정체는 랩의 엔트로피를 감소시키는 거였다. 그는 랩에서 폭발이 일어난 뒤에 나타나 깨진 유리 조각들을 이어 붙이고 바닥에 나뒹구는 실험 기구들을 제자리에 놓으며 랩을 정돈했다. 모린이 엔트로피를 감소시키는 능력이 있다는 추정이 확신에 근접한 것은 시약용 에탄올의 잔류 물질을 제거하는 첨가제 합성에 성공한 것을 보고 나서였다.

대부분 물질은 더는 순수해질 수 없는 혼합물 형태로 존재한다. 이 혼합물은 외부 환경 변화에 함께 반응하기 때문에 분리할 수 없다. 그러므로 시약용 에탄올의 화학 잡내는 제거하거나 정돈할 수 없는 영역이었다. 하지만 모린은 한계를 깨고 연구실의 엔트로피를 감소시켜 완벽한 에탄올을 만들었다. 특정 계의 엔트로피를 줄여 열역학 제2법칙을 무너뜨린 것으로 믿어졌던 '맥스웰의 악마'*가 모린으로 재림한 것이나 마찬가지였다.

---

* Maxwell's Demon. 문지기가 두 가지 종류의 기체가 든 방의 가운데 벽을 열거나 닫으면서 두 기체를 분리하면 엔트로피가 감소한다는 맥스웰의 사고 실험. 한때 많은 이들이 신뢰했으나 측정을 통해 정보를 얻는 과정에서 필연적으로 엔트로피가 증가한다는 게 증명됐다.

모린의 능력은 선천적인 걸까. 아니면 인간이 다가가지 못하는 존재와 연결되어 발현되는 능력일까. 만약 그렇다면 랩의 엔트로피는 줄지만, 모린과 연결된 세상의 엔트로피는 증가하기에 성립되는 능력일 수도 있다.

의문이 몽글몽글 솟으면서 뇌를 간지럽혔지만 당장 알아낼 수 없는 영역은 일단 치우기로 했다. 대신 해결해야 하는 문제를 깊이 생각했다.

모린이 만드는 첨가제는 한 번에 10밀리리터가 고작이었다. 이 양으로 랩주 다섯 병을 만들었다. 모린은 한 번 힘을 쓰면 피곤해했다. 쉬는 시간은 길었다. 이런 생산 속도로는 현재의 수요를 따라가는 것도 벅찼다. 어렵사리 확보한 고객에게 신제품을 제때 공급하지 못해 힘들게 구축한 시장이 무너지는 건 두고 볼 수 없는 일이었다.

메시지창에는 주문 문의가 수백 개 쌓였다. 너무 많아서 하나하나 확인하기도 힘들었다. 새로운 알림은 시도 때도 없이 울렸다. 나를 랩에 추천한 선배는 화장실에서 마주치자, 랩주를 이틀 안에 자신의 책상 서랍에 넣어놓으라고 엄포를 놨다. 그렇지 않으면 자신이 알고 있는 내 비리를 폭로할 것이라며 문을 꽝 닫고 나갔다. 소변은 끝까지 누지 못했다.

고민을 거듭하던 나는 랩주의 가격을 대폭 올리기로 했다.

가격을 올리는 고급화로 수요와 공급을 균형 있게 유지하면서 고객의 충성도는 강화하는 전략이다. 싸구려 단맛은 버리고 비싸면서 스토리 있는 맛을 내세우는 것이다.

가격을 열 배나 올려도 걱정거리는 해소되지 않았다. 늘어나는 수요를 쫓아갈 수가 없었다. 공대 대학원에서만 돌던 랩주에 대한 입소문은 저 멀리 인문대를 넘어 교육대, 예체능대까지 돌았다. 나는 연구에 몰두할 때보다 더 열정적으로 랩에서 살았다. 그럼에도 밀려드는 주문을 감당할 수 없었다. 모린이 만든 첨가제를 5병이 아닌 10병에 나눠 붓고 가격은 올린 금액에서 또 두 배를 올렸지만 그렇게 해도 수요는 줄지 않았다. 돈은 쌓이는데, 그 돈을 더 부풀릴 방법을 앞에 두고 실행할 수 없다는 게 답답할 지경이었다.

"일을 더 해주셔야겠습니다."

집게 부분을 부드러운 가죽 재질로 감싼 클램프를 모린에게 내밀면서 말했다. 모린은 픽 웃더니 새 클램프에 목을 기댔다.

"그렇다면 랩이 더 넓어져야겠는데?"

모린은 계약 내용을 수정하자고 했다. 어차피 대학원에 남아 있을 날이 한참 남은 나는 모린의 설명이 끝나기도 전에 모든 내용에 동의할 테니 계약하자고 채근했다. 모린은 파란빛을 번쩍였고 나는 등골이 찌릿했으나 이전처럼 고개를 파르르 떨지는 않았다. 고작 두 번째로 겪는 감각이었지만 더는 이 느낌이 낯설지 않았다.

모린은 일주일에 한 번에서 세 번으로 첨가제 생산량을 늘렸다. 첨가제 10밀리리터는 10병이 아니라 20병에 나눠 담았다. 일주일에 60병을 생산했다. 제조 완료된 술은 공병이 아닌 크리스털 병에 담아 고객에게 전달했다.

실험대 위에 다리를 올린 채 크리스털 병을 바라보던 어느 날 새벽. 하얗게 반짝이는 병에 정신이 팔려 교수가 내 뒤에 있는 줄 알아차리지 못했다.

"이게 뭔가?"

교수는 병을 우두커니 쳐다봤다.

"…"

교수는 아직 뚜껑을 닫지 않은 병을 들더니 코에 가져갔다. 그는 코를 병 속에 넣고는 향을 음미했다. 얼어버린 나는 실험대 위에 있는 다리를 미처 내리지 못한 채 교수를 바라봤다.

"자네가 만들었나?"

"네."

교수는 두말없이 비커에 병을 기울이고는 술을 따랐다. 딱한 모금을 마시고 눈을 감았다. 식은땀이 흐르는 적막이 지나고, 교수는 좀 전과는 확연히 다른 눈빛으로 나를 바라봤다. 혀를 차는 입술도, 흘기는 눈동자도 없었다. 마주한 사람이 정말 자신이 알던 '그' 학생이 맞는지에 대한 의구심과 함께 이 낯선 상황을 이해하려는 심리가 교수의 눈매에 깃들어 있었다.

교수는 내 발밑에 있는 진짜 연구실 회계장부를 살폈다. 나는 발을 조심스레 책상에서 내렸다.

"이래서 여기가 비었구나."

교수가 장부를 들척이며 중얼거렸다. 항목들을 술술 읽어나가던 그의 동공이 확 커졌다. 교수는 안경을 고쳐 썼다. 그의 동공과 손가락은 회계장부의 진짜 수입 부분을 더듬었다.

"얼마나 만들고 있지?"

"네?"

"생산량이 어느 정도나 되냐고."

"일주일에 60병 정도요."

"그 정도로는…."

그는 나와 회계장부를 번갈아 바라봤다. 교수가 랩에 들이닥친 현실을 점차 인식하기 시작한 나는 고개를 떨궜다. 이제 시작인데, 벌써 끝인가. 모린과의 계약은 어떻게 되는 거지. 조금 더 잘 숨길걸. 한숨이 폭 나왔다.

교수는 그런 내 어깨를 두드렸다.

"저거 챙겨서 따라오게."

나는 에탄올로 손을 소독한 뒤 크리스털 병 세 개를 가방에 허겁지겁 넣고 교수의 뒤를 따랐다.

교수가 나를 데려간 곳은 학내 연구부정신고센터나 경찰서가 아니었다. 아주 낯익은 곳이었다. 교수의 차를 대리운전하기 위해 일주일에 서너 번은 가는 그곳. 주황빛 조명이 달린 좁은 계단을 내려가면 뿌연 연기가 자욱하고 감미로운 음악이 흐르는 교수의 아지트였다.

교수는 내가 가져온 병을 가게 사장으로 보이는 여자에게 건넸다. 둘은 바에서 쑥덕였고 나는 서너 걸음쯤 떨어진 의자에 덩그러니 앉아 그들을 지켜봤다. 교수는 한 번도 본 적 없는 부드러운 미소를 띠며 사장에게 랩주가 담긴 술잔을 건넸다.

둘은 랩주를 한 잔씩 하더니 멍하니 서로를 바라봤다. 사장과 교수는 은밀한 추억을 회상하듯 바 위에 서로의 손가락을 걸고 한참이나 이야기를 나눴다. 교수는 내 쪽은 쳐다보지도 않았다.

드르륵, 앉아서 물만 마시던 나는 작은 바에 그윽하게 퍼지는 찐득한 분위기를 참다못해 일어났다. 의자가 끌리는 불쾌한 소리가 크게 울려도 그들은 신경 쓰지 않았다. 계단을 쿵쾅거리며 올라가도 둘은 그들만의 세계에 갇혀 서로의 눈망울을 바라볼 뿐이었다. 사진이라도 찍어서 교수의 아내에게 보여주고 싶은 마음이 불쑥 솟았지만 귀찮은 일을 만들기 싫어 참았다.

다음 날 교수는 생산량을 두 배 늘릴 수 있느냐고 물었다. 나는 첨가제의 첨가량을 절반으로 줄이면 바로 늘릴 수 있다고 답했다. 그다음부터는 일사천리였다. 랩주는 대학 문턱을 넘어 인근 유흥가로 공급되었다.

학외 유통은 교수가 책임졌다. 그는 단골 가게부터 시작해 인근 주점으로 유통망을 빠르게 확장했다. 나는 생산량을 늘리기 위해 모린을 불러 계약 내용을 또 수정했다.

병당 60만 원인 랩주는 일주일에 240병이 팔렸다. 주간 수입은 1억 4,400만 원을 기록했다. 월간으로는 5억 8,000만 원의 매출을 올렸다. 병값과 싸구려 시약용 에탄올과 같은 원가를 뺀 영업 이익률은 90퍼센트에 달했다.

수익이 증가하자 랩은 옆 건물로 이전했다. 랩의 면적은 두 배나 넓어졌다. 모린이 지정한 플라스크와 비커, 피펫, 칼럼, 클램프와 같은 몇 개의 실험 기구를 빼고는 싹 다 버리고 새로 샀다. 모린을 상자에 담아 옆 건물로 옮길 때 상자는 연신 들썩거렸다.

새 랩의 벽은 하얗게 빛났으며 실험대는 반질반질 윤이 났다. 세척용 시약은 아끼지 않고 써도 될 정도로 쟁여놨다. 에탄올은 창가 쪽 통에 100리터를 담아뒀다. 에탄올이 너무 많아 때로는 시약용 에탄올로 손을 소독하고 실험대를 닦아도 될 정도였다.

밀주를 만드는 시설은 현관 바로 옆에 크게 차렸다. 교수 뒷배가 추가되었으니 더는 치웠다 설치했다 반복할 필요가 없었다. 거대한 통에 담긴 에탄올은 허리 높이에 있는 버튼을 누르면 실험대에 있는 증류 시설로 자동 유입되도록 공을 들여 설계했다. 이로써 제조시간을 절반 이상 단축했다.

비상 소화 장치는 문 옆에 있는 버튼을 누르면 랩 전체에 분말 소화기가 뿌려지는 최신식으로 교체했다. 옆 방에는 최신 핵자기공명분광기를 설치했다. 창가 쪽 천장 합판 안쪽에는 모린 님의 요청에 따라 집게가 가죽으로 된 클램프와 손목 쿠션을 놓아드렸다.

사업 확장은 순조로웠다. 이제는 모든 단과대 대학원생이 랩주를 찾을 뿐 아니라 삼삼오오 돈을 모아 공동 구매하는 학부생들도 있었다. 나는 랩주 주문을 받는 대포폰을 한 개에서 세 개로 늘렸다. 학외 유통은 대학가를 넘어 직장인들이 자주 찾는 유흥가로 확대되었다.

　사업은 잘 풀렸지만 나는 제자리였다. 이익 전부는 랩 확장
에만 쓰였다. 모린과 계약을 체결하지 않은 교수는 주점에서 뒷
돈을 챙겼지만 나는 그러지 못했다. 여전히 랩에 묶인 채 밤새
도록 술만 만들었다. 희망찬 미래는 보이지 않았다.

　교수 덕에 랩주가 대학 문턱을 넘은 건 맞으나 이건 어디까지
나 내가 목숨을 걸고 만든 술이었다. 더욱이 내용을 두 번이나
수정해 체결한 모린과의 계약 조건은 언제 달성할지 알 수 없어
막막했다. 모린은 입자가속기뿐 아니라 분자운동 조영장치까
지 요구했다. 이것들을 모두 설치하려면 캠퍼스 전체 면적이 필
요했다.

　몇 번이나 펼쳐 봐서 너덜너덜해진 종이 계약서를 살피며 내
가 대학원에 묶여 있어야 할 이유가 과연 있는가에 대해 생각
했다. 시장을 구축한 랩주는 이미 브랜드화되었다. 첨가제는 처
음과 견줘 10분의 1 정도로 줄었지만, 사람들은 차이를 알지 못
했다. 모린이 만든 첨가제의 향만 어느 정도 흉내 낼 수 있다면,
그리고 브랜드를 따온다면, 그렇게만 된다면 내가 대학원에 나
의 젊음을 바칠 이유가 없었다. 돈은 내 주머니로 들어와야 한
다. 그게 맞다.

모린이 만든 첨가제 1리터를 빼돌렸다. 크리스털 병을 품에 안고 랩을 나서려 하자 정수리에서 발끝까지 전기가 통했다. 나는 갑작스러운 충격에 몸을 바르르 떨며 바닥에 드러누웠다. 털 한 가닥, 세포 하나까지 쩌릿쩌릿했다. 입을 벌린 채로 침을 흘리자 모린이 다가왔다. 종이 계약서가 내 얼굴 위로 떨어졌다.

"계약서 제12장 벌칙의 제9조 역내 생산. '첨가제를 외부로 유출한 자는 모린이 정한 처벌을 받는다.' 몰랐어?"

모린은 심드렁하게 물었다.

"저, 저는, 그, 그저…."

"됐고. 계약 내용을 이행할 때까지 너는 대학원을 벗어날 수 없다고 분명 계약서에 적혀 있을 텐데? 벌칙이 별거 아닌 줄 알았나 보지?"

"저, 저는…."

"진형아, 여기서 노력하면 잘될 수 있어. 왜 그렇게 성급하게 구는 거야. 네가 여기서 당장 나가면 더 잘될 것 같지? 막 자기 뜻대로 다 이뤄지고. 아니야. 사회는 여기보다 잔인해. 왜 그걸 몰라."

모린의 말투는 느릿느릿했다.

"저는 제 몫을 조금 더 가지고 싶었을 뿐입니다."

"그건 욕심이야. 너만 고생해? 나는 어떻고. 나 없이 네가 뭐라도 될 거 같아? 진형아, 지금처럼 20년 정도만 더 하자. 그러면 여기서 어쩌면 나갈 수 있을 거야. 그때까지만 참자. 다른 생각은 하지 말고."

"20년…."

"내가 저 좁은 랩에서 지냈던 시간에 비하면 그리 긴 시간이 아니야."

모린의 어조가 진중해졌다.

"좁고 낡은 실험실에서 지낸 인고의 시간이 지금의 나 모린을 있게 해준 거야. 견디다 보면 언젠가는 능력을 발휘할 순간을 맞이하게 되지. 이제 나 모린은 더 넓은 세계를 관장할 거야. 대학 전체는 물론이고 나아가 전 세계를 주무르는 존재가 될 거란 말이지. 세계의 구성을 내 맘대로 바꿀 수 있게 된단 말이야. 진형아, 내가 크면 네가 할 일도 점차 많아질 거야. 당장 눈앞의 이익만 좇지 않는 게 너에게도 좋단 말이다."

서슬 퍼런 모린의 목소리에 실험 기구들이 동조하듯 덜그럭거렸다.

몸을 가까스로 일으켰다. 나는 실험대 쪽으로 발을 질질 끌며 걸어갔다. 빙빙 날아다니는 모린은 연설을 멈추지 않았다. 나는 증류 시설이 설치된 실험대에 등을 기대고 앉았다. 모린은 에탄올 통에 앉아 나를 내려다봤다.

"나를 흉내 낼 수 있을 줄 알았어? 아니면 내가 모를 줄 알았어? 내가 태양으로부터 에너지를 공급받는 걸 몰랐나 보지?"

"그건 아닙니다."

나는 한숨을 내쉬며 답했다.

"왜 그런 거야."

"아까 말했잖아요."

"진형아, 대가 없이 다 얻으려고 하지 마. 그건 도둑질이나 마찬가지야."

모린은 에탄올 통 위에 누워 천장을 바라봤다.

"내가 너에 대해 모르는 건 없어."

"정말 그럴까?"

"까? 그건 반말인데."

모린의 말이 끝나자마자 난 귀 옆에 있는 버튼을 뒤통수로 쾅, 눌렀다. 버튼에 머리가 붙어버린 듯 힘을 더 더 주었다. 증류 시설로의 에탄올 유입이 멈추지 않으면서 끓고 있는 혼합물이 역류하기 시작했다. 역류하는 액체가 관을 타고 모린이 앉은 통으로 향했다.

모린이 천장으로 날아오르려는 순간, 쾅, 폭발이 일어났다. 랩 전체가 들렸다. 건물이 뒤흔들렸다. 에탄올 통은 터졌고 실험 기구는 박살이 났다. 유리 파편이 날렸다. 불길은 천장으로 솟아올랐다. 이 정도 폭발이면 모린이 벗어날 곳은 없다.

곧바로 엎드린 나는 포복 자세로 현관까지 기어가 소화 장치 버튼을 누르려 했다. 그 순간 나는 양손에 파란 불이 붙은 걸 알아차렸다. 손톱이 녹고 있었다. 일렁이는 푸른빛을 보자 그제야 통증이 밀려왔다. 비명을 질렀다. 소화 장치 버튼은 누르지 못했다.

증류 시설을 역류시켜 모린의 보금자리 밑에 둔 에탄올 통을 폭파한 뒤 소화 장치를 누르겠다는 내 계획대로라면 화마가 나에게까지 번져서는 안 되었다. 발화 위치는 높은 곳으로 설정했고 모든 버튼은 아래쪽에 설치했다. 모린은 산산조각이 나고, 나는 살아남고, 사업은 대학원 밖에서 시작할 심산이었다. 그런데 내 두 손이 푸르게 불타고 있었다. 손을 겨드랑이에 꼈지만, 불만 옮겨붙을 뿐 꺼지지 않았다. 이제는 손가락 마디의 구분이 사라지고 있었다.

'언제 내가 에탄올을 손에 묻혔더라?'

나는 습관적으로 에탄올로 손을 소독했다. 손에 남은 에탄올은 이 정도 화마면 충분히 불이 붙는다. 모린을 부수고 싶은 욕망에 휩싸여 습관을 잊어야 한다는 걸 잊었다.

모린은 내 불타는 두 손을 내려다봤다. 그는 폭발에도 깨지지 않았다. 모린은 주둥이를 실룩였다. 이것은 정령이 아니라 악마였다. 인간의 욕망을 파먹고 사는 악마.

"이번, 이번만 다시 낮춰줘! 엔트로피를, 제발!"

비명을 지르며 악마에게 빌었다.

"내가 잘못했어!"

"내가 왜 그래야 해?"

"실수야. 내가 잘못했어."

손의 피부가 다 녹자 뼈가 드러났다.

"또 거짓말하는 거 아니야?"

"아니야. 내가 어리석었어. 내 분수를 몰랐어! 제발, 제발."

나는 바닥을 뒹굴었다. 불은 서서히 목으로 번졌다. 연기를 들이마신 탓에 이제는 비명조차 제대로 나오지 않았다. 열기에 의해 기도가 흡착되고 있었다. 나는 꺽꺽거렸다.

"좋아. 계약을 또 수정하자."

대답 대신 누워 바둥거리며 고개를 세차게 끄덕였다.

"좋았어."

불길 속을 유유히 날아다니는 모린이 강렬한 노란빛을 내뿜었다. 태양만큼 밝은 빛이 화마의 위세를 눌렀다. 천장을 뒤덮은 불꽃이 사라졌다. 모린은 내 머리 위를 돌며 푸른빛을 냈다.

내 정수리로 들어오는 계약으로부터 평생 벗어날 수 없을 것

이란 운명적 예감이 오감을 찌릿찌릿 자극했다. 불타는 두 손
으로 더듬더듬 랩주를 찾았다. 뜨거워지는 식도에서 기포가 팡
팡 터지는 걸 느끼고 싶었다.

푸리앙

장대 끝에는 구불구불한 머릿결이 휘날렸다.

남자는 푸리앙 과즙을 몰래 맛보다가 장대에 머리가 걸렸다. 그는 과즙인 걸 알고서 팔뚝을 핥은 게 아니라고, 나무 수액이 묻은 줄로만 알았다고 울면서 소리쳤지만, 흑건을 쓴 감독관은 조금의 망설임 없이 도끼로 남자의 목을 내리쳤다. 남자의 얼굴은 몸에서 떨어진 직후에도 비명을 멈추지 않았다. 감독관의 도끼를 들지 않은 쪽 손에는 남자가 숨긴 씨앗이 들려 있었다. 남자는 씨앗을 가지고 뭍으로 가려 한 것이다.

정신을 차리자마자 바구니부터 살폈다. 내 엉덩이가 뭉갠 푸리앙은 다행히 멀쩡했다. 나무에서 떨어지기 직전에 딴 푸리앙은 바구니 옆 움푹 들어간 땅에 박혀 있었다. 이것 역시 흠집 하나 없었다. 푸리앙 껍질은 웬만큼 육중한 도끼가 아니고서는 쪼개지 못할 정도로 단단하므로 이 정도로 상처가 날 리 없었다. 나는 고개를 뒤로 젖히고는 안도의 한숨을 아주 길게 쉬었다.

그런데 바짓가랑이가 축축한 게 느껴졌다. 바구니를 다시 살폈다. 허벅지 사이에 낀 작은 푸리앙의 껍질에 금이 나 있었다. 이 균열에서 샌 과즙이 바짓가랑이에 묻은 것이었다.

가랑이에 코를 가까이 가져가니 뒷골이 저릿할 정도의 아주 강렬한 향이 났다. 눈을 질끈 감았다. 오만상을 풀고 눈을 뜨자 시야의 위아래가 뒤바뀔 정도로 어지러웠다. 나무에서 떨어질 때의 충격 때문인가. 두 손으로 머리를 감싸며 진정되기를 기다렸다. 아프지는 않았다. 하지만 기분이 묘했다. 작열하는 태양 아래서 푸리앙을 따는 고된 노동의 기억은 사라지고, 가보지 못한 뭍을 향한 설렘이 마음속에서 일렁였다. 그들이 푸리앙을 가져가는 미지의 육지.

이 기분을 오랫동안 느끼고 싶었으나 그럴 수는 없었다. 조만간 '그놈'이 있는 제4구역 노비들이 내 담당 구역을 지나칠 것이다.

현기증이 가라앉자마자 두 손에 흙을 가득 집어 바짓가랑이에 문댔다. 이걸로는 부족하다 싶어 바지를 벗고 흙으로 빨래하듯이 땅에 비볐다. 푸리앙의 강렬한 향이 어슴푸레해졌다.

수확 노비들이 웅성거리며 걸어오는 소리가 들렸다. 바지를 대충 추스르고 흙 진 푸리앙을 나무뿌리 홈 사이에 끼운 다음 풀로 덮었다. 소맷부리로 땀을 닦았다.

"어이, 호노."

구룡이 날 불렀다. 세 명이 내게 다가왔다.

"우와! 이게 뭐야."

한 명이 눈을 가늘게 뜨고 말했다.

"이거 네가 딴 거야?"

구룡은 커다란 푸리앙을 보며 입을 다물지 못했다.

"그럼!"

난 고개를 치켜들고는 웃어 보였다.

여러 열대 과일을 혼합 교배한 푸리앙은 사람 머리통보다 큰 크기가 보통이다. 구룡 일당이 대나무에 매단 바구니에는 주먹만 한 작은 알들뿐이었다. 껍질이 곪았거나 상처가 난 것도 보였다. 저 정도 양에 저런 품질이면 할당량을 채우지 못할 것이다.

나는 웃음이 나오려는 걸 애써 참으며, 나무뿌리 홈을 몸으로 가렸다.

"어느 나무냐?"

구룡이 물었으나 난 미소만 지을 뿐 대답하지는 않았다. 알려줄 생각이 없을뿐더러 말을 길게 하면 내가 평소 같지 않다는 걸 그들이 눈치챌 것 같았다. 허리춤에 찬 작업 주머니에 손을 넣은 구룡이 한 걸음씩 가까워졌다. 그 안에는 푸리앙 따는 데 쓰는 날붙이가 들어 있을 것이다. 나는 공격에 대비하며 쇠고리를 있는 힘껏 쥐었다. 이때, 뒤쪽 수풀이 부스럭거렸다. 내가 속한 제3구역 수확 노비들이 지나가는 것 같았다.

구룡은 작업 주머니에서 손을 빼더니 무리에게 가자는 손짓을 보냈다. 그는 날 흘기면서 자신의 얇고 앙상한 목을 엄지로 죽 그었다. 나는 손가락으로 장대를 가리키며 다리를 휘둘러 상대를 넘어뜨리는 시늉을 했다. 얼마 전 푸리앙 채집 구역을 두고 벌인 드잡이에서 그를 쓰러뜨릴 때 쓴 기술이었다. 우린 나무 한 그루를 두고 목숨을 걸고 싸웠다.

얼굴을 일그러뜨린 구룡은 가래를 탁 뱉었다. 나에게서 멀어지면서도 자꾸 뒤를 돌아봤다. 나는 미소를 얼굴에서 지우고는 손으로 바짓가랑이를 가렸다. 구룡이 저만치 멀어진 뒤에도 내 손은 젖은 바지를 만지작거리는 걸 멈추지 못했다.

그 푸리앙은 바구니 안에 들어가지 않을 정도로 커서, 밧줄로 대 앞머리에 묶어야 했다. 이 대나무를 어깨에 멨다가 끌었다가를 반복하며 겨우 마을에 도착하자 큼지막한 푸리앙을 본 아이들이 폴짝폴짝 뛰어올랐다. 아이들의 맨발은 허공에서 허우적댔다. 나는 대나무 앞쪽을 더 높이 들어 아이들이 최상급 푸리앙을 건들지 못하게 했다. 자연스레 내 턱은 하늘을 향했다.

바구니를 짜거나, 푸리앙 꼭지에 거는 쇠고리를 뾰족하게 갈거나, 도끼를 벼리거나, 토기를 빚거나, 움막이나 오두막을 손보거나, 쌀을 빻거나, 푸리앙의 꼭지를 다듬거나, 이것을 저장고로 옮기는 제3구역 수확 노비들은 나를 보고는 입을 다물지 못했다. 이 시선을 온몸으로 받으며 아주 천천히 걸었다.

선령은 주먹으로 입을 막았다. 그녀는 눈을 동그랗게 뜨고 내게 달려왔다. 펄쩍 뛰어올라 내 팔뚝에 매달린 선령은 검은 앞니를 드러내며 볼에 입술을 비볐다. 내가 신음을 내뱉자, 선령은 나무에 긁힌 상처를 어루만져 줬다. 기분은 나쁘지 않았으나 푸리앙이 워낙 무거웠기에 그녀를 한 손으로 밀쳐 냈다. 엉덩방아를 찧은 선령은 아랫입술을 뒤집어 까더니 허공에 대고 고양이가 앙탈하듯 주먹을 휘둘렀다.

두 팔을 벌려 안아도 손끝이 닿지 않는 푸리앙을 본 주술사 할아버지는 감격에 겨운 나머지 말문을 열지 못했다.

푸리앙은 클수록 작은 것과는 비교할 수 없을 정도로 값어치가 높아진다. 큰 것의 단맛은 황홀할 정도라고 한다. 수확 노비는 푸리앙을 맛볼 수 없으므로 이 과일의 단맛과 그 가치를 정확히 이해하기는 어려웠다. 어찌 됐든 확실한 건 나의 활약으로 마을 사람들이 반년은 굶지 않을 수 있는 쌀을 공급받을 수 있게 되었다. 이것만으로도 내 어깨는 하늘로 솟았다.

"이게 다 한라님 덕이다."

푸리앙을 바라보며 두 손을 하늘로 뻗은 주술사 할아버지는 기원 주술을 준비했다.

그는 마을 중앙에 있는 죽은 과일나무에 넓적한 잎사귀를 치마처럼 둘렀다. 잎사귀는 동아줄로 꿰었고 잎 사이사이에는 얇은 나뭇가지를 매달았다. 나무 앞에는 구멍이 송송 뚫린 큰 돌 네 개를 괴어 대형 푸리앙을 세웠다. 주술사 할아버지는 시동 일을 하는 마을 아이들을 발가벗겼다. 푸리앙 옆에는 불이 피워졌다. 신호를 받은 발가벗은 시동들이 사지를 흔들기 시작했다. 아이들은 신이 나다 못해 흥분한 것처럼 보였다. 시동들은 죽은 나무와 푸리앙, 모닥불을 빙글빙글 돌며 괴상한 춤을 췄다.

시동의 사지는 따로 놀았고 눈은 번득였다. 내 앞을 지나가는 남자아이는 몸을 부르르 떨다가 관절을 부러뜨리듯 꺾었다.

맞은편에 있는 아이의 목은 뒤로 넘어가더니 다리 사이로 나왔다. 그 옆의 아이는 발이 아닌 손바닥으로 걸었다. 아이들의 얼굴에는 새까만 숯이 칠해져 있었다.

내가 알던 애들이 맞나, 하는 생각이 들 때 주술사 할아버지가 풀피리를 불기 시작했다.

발가벗은 아이들은 우뚝 움직임을 멈췄다. 죽은 나무를 향해 몸을 돌리고 일제히 오줌을 갈겼다. 앞으로 쭉 뻗은 오줌발은 잎사귀를 요란하게 적셨다. 줄기를 타고 땅으로 흐른 오줌은 죽은 뿌리 사이의 골에 고였다.

호쾌하게 나아가는 오줌발의 힘이 죽을수록 풀피리 곡조는 격앙되었다. 비명을 지르듯 울리는 풀피리 소리에 심장이 쿵쾅거렸다. 내 옆에 있는 선령은 풀피리의 음을 쫓듯 흥얼거렸다. 선령의 콧노래는 풀피리 연주와 점차 하나가 되었다. 서로 다른 성질의 소리가 공명하자 나는 아랫도리가 아주 단단해지는 것을 느꼈다.

주술사는 손도끼를 들고 나무에 다가섰다.

"무사꽝 무사꽝 시르죽어 무사꽝."

할아버지는 손도끼를 가슴 앞에 움켜쥔 채 읊조렸다. 노비들은 숨을 죽였다. 타오르는 불길만이 정적을 무시했다.

"비뿔란다!"

외침과 함께 할아버지는 손도끼를 나무 쪽으로 휘둘렀다. 아이들은 눈을 감았다. 그러나 도끼는 텅, 하는 소리 대신 나무 밑동 바로 앞에서 멈췄다. 할아버지는 이 말과 동작을 세 번 더 반복했다.

"빛이 되는 천둥이여, 천년 씻는 성난 파도여, 남은 자의 세월이여, 외로우니 제주도여, 제주도여…."

주술사는 죽은 나무를 보며 푸리앙 섬의 아주 먼 옛날 이름을 되뇌었다.

주술에 홀린 정신은 몽롱했다. 할아버지의 주문이 머릿속을 맴돌았다. 선령은 멍하니 죽은 나무를 쳐다보는 나를 오두막으로 끌고 갔다. 오두막 문이 삐거덕 닫혔다. 바지는 바닥 널빤지 밑에 넣었다. 흥분한 그녀는 내 위에서 들썩거렸다. 선령의 골반을 잡은 난 고개를 뒤로 꺾었다. 오두막 판자 틈 사이로는 지린내가 들어왔다.

쿰쿰한 지린내는 어느새 단내로 변했다. 단내를 느껴도 되나? 내가 푸리앙을 맛본 적이 있던가? 그러면 안 되는 거 아닌가? 화들짝 놀라 잠에서 깼다.

가슴에 올려진 선령의 팔을 치웠다. 오두막 문은 발로 밀어서 열었다. 커다란 푸리앙은 네 개의 검은색 돌에 괴어진 채 죽은 나무 앞에 고대로 있었다. 그 옆에 앉아 중얼대던 주술사 할아버지가 나를 봤다. 그의 눈빛이 나를 꿰뚫었다.

풀로 숨겨놨던 푸리앙 한 통이 퍼뜩 떠올랐다. 개운치 못한 속내를 어쩌지 못한 채 새 바지 위에 쇠고리가 든 작업 주머니를 묶었다.

저장고에는 제3구역 수확 노비가 한 명도 빠짐없이 모여 있었다.

노비들은 아주 기다란 검은색 혀를 가진 거대한 수레가 다가오는 걸 꼼짝하지 않고 바라봤다. 수레의 두 눈에서는 빛이 번쩍였다. 혀는 말려 들어갔다가 나오기를 반복했다. 머리에 난 뿔은 매캐한 구름을 뿜었다. 수레에 달린 열두 개의 바퀴가 뭉개고 간 자리에는 풀이 남지 못했다. 키가 나만 한 들개는 흙을 밟으며 수레를 쫓았다. 어느새 내 옆에 선 선령은 두 손으로 팔뚝을 꼭 잡았다. 작은 손은 발발 떨렸다. 나는 그녀를 보며 씩 웃어주었다.

주술사는 노비들의 도움을 받아 바위 같은 푸리앙을 간신히 두꺼운 혀에 놓았다. 흑건을 쓴 감독관은 함박웃음을 짓더니 주술사의 어깨를 가볍게 두드렸다. 저장고에는 우리가 한 달 동안 딴 과일이 한 무더기 있었으나 기다랗고 두꺼운 검은색 혀는 순식간에 이것들을 모두 수레 속으로 빨아들였다.

흑건 무리는 한 달에 한 번 우리가 채집한 과일을 수거하러 온다. 여기서 가져간 푸리앙은 해안까지 수레로 옮겨진다. 섬에서 나고 자란 푸리앙은 '철선'이라고 하는 물에 뜨는 거대한 쇳덩이에 실려 뭍으로 간다. 남자가 씨앗을 가지고 향하려 했던 그 땅으로.

감독관 한 명이 가느다란 눈으로 나를 주시했다. 나는 고개를 떨구며 잡념을 떨쳤다. 지금은 표정을 관리하는 데에 집중해야 했다.

수레는 두툼한 배로 들어간 푸리앙의 무게를 쟀다. 땀이 난 손을 바지에 문질렀다. 감독관은 손목으로 손도끼를 휘리릭 돌렸다. 할당량을 채우지 못하면 누군가의 손이 저 도끼에 잘린다.

수레는 조용히 검은색 혀를 안으로 숨겼다. 무게가 충분하다는 의미였다. 눈이 가느다란 감독관은 흐뭇한 표정을 짓더니 한 손을 앞으로 쭉 뻗었다. 수레의 뒷문이 열리고 쌀가마니들이 쏟아졌다. 모든 일을 끝낸 수레는 흑건 무리들과 함께 북쪽으로 이동했다. 우리를 에워싼 들개는 침을 흘리며 발걸음을 뗐다. 주술사 할아버지는 안도의 숨을 크게 삼킨 뒤 들개의 엉덩이를 향해 허리를 숙였다.

그때였다. 검은 구름을 뿜으며 가던 거대한 수레가 갑자기 멈췄다. 과일을 모두 삼킨 수레가 가다가 멈춘 걸 본 건 처음이었다.

"이게 뭐야!"

멀리서 누군가 소리치며 다가왔다. 챙이 달린 흑건을 쓴 감독관이었다. 흑건 무리의 우두머리인 이자는 원래 수확 노비였다. 노비였던 자가 어떻게 해서 땅의 인간에게 발탁되었는지는 알 수 없으나 어찌 됐든 저자는 우리를 속속들이 잘 알았다. 특히, 어디에 무엇을 숨겨놓는지를.

감독관이 든 막대기에는 내가 어제 입은 바지가 걸려 있었다. 바짓가랑이는 누렇게 변해 있었다. 감독관은 가랑이에 코를 가져다 대더니 콧잔등을 짚었다. 나는 아무 말도 할 수 없었다.

할아버지는 나를 흘끗 보더니 감독관 앞에 가서 납작 엎드렸다. 그는 이마와 두 손바닥을 땅에 바짝 붙였다.

"자비로우신 신왕의 대리인이시여. 하찮은 제 종자 놈이 푸리앙이라고 차마 부를 수도 없는 손톱보다 작은 설익은 것 하나를 실수로 깔아뭉갰습니다. 그런데 그놈이 바로 저 커다란 푸리앙을 따온 녀석입니다."

할아버지의 코는 흙 속에 파묻혔다.

"너그러우신 신왕의 대리인이시여. 저희 구역 일손이 너무나

부족해 할당량을 간신히 채우고 있습니다. 지난달에도 미천한 몇 놈이 신왕의 자비를 영광으로 여기지 못하고 굶어 죽었습니다. 대리인이시여. 모든 걸 제 책임으로 하옵시고, 부디 자비를 베푸셔서 저놈이 더 큰 푸리앙을 딸 기회를 주시길 간청드리옵니다."

햇빛을 받은 챙은 번들거렸다. 할아버지는 연신 이마를 조아렸다.

챙 달린 흑건을 쓴 감독관은 입을 비죽인 뒤 가죽 주머니에서 손도끼를 꺼냈다. 이자는 손목으로 도끼를 네댓 바퀴 돌리더니 땅으로 떨어뜨렸다. 도끼의 날은 할아버지의 오른손 약지와 새끼손가락을 자르며 땅에 박혔다. 들개는 잘린 손가락 주변에 뿜어진 피를 보며 으르렁댔다. 선령은 신음을 내뱉었고 나는 그녀의 입을 막았다.

"외로우니 제주도여, 외로우니 제주도여…"

주술사는 바닥에 머리를 댄 채 노랫가락과 같은 주술을 외울 뿐 비명을 지르지 않았다.

이를 한동안 감상하던 감독관은 일그러진 미소를 지었다. 전진 신호가 다시 내려졌다. 수레는 긴 혀를 날름거리며 방금 내린 쌀가마니를 거둬들였다. 이 거대하고 기괴한 것은 풀과 나무를 헤집으며 앞으로 나아갔다. 나는 꼼짝하지 않았다.

그들이 시야에서 완전히 사라지고 나서야 할아버지는 소맷부리를 당겨 주먹을 감쌌다. 소맷부리는 금세 뻘겋게 물들었다. 나는 할아버지를 똑바로 바라보지 못했다. 그는 괜찮다며 웃는 것 같았다. 선령은 사과하라며 나를 떠밀었으나 내 발은 땅에서 떨어지지 않았다. 대신 곧장 뒤로 돌아 그 나무로 달렸다.

"호노야!"

선령이 내 이름을 불렀다. 나는 뒤돌아보지 않았다.

내 머리칼에는 불길함이 붙어 휘날렸고 앞으로 차는 발에는 독기가 서려 있었다. 달릴수록 발은 빨라졌다. 팔뚝만 한 메뚜기가 내 옆을 스치며 날아갔다. 풀과 잎사귀는 상처 난 뺨을 할퀴었다. 주먹만 한 벌이 머리 위를 날았다. 그 무엇이 내 눈앞을 스쳐 지나가든 뜀박질은 느려지지 않았다.

숨이 턱에 닿을 정도가 되자 나무가 보였다. 주변에는 아무도 보이지 않았다. 숨을 고르며 나무 뒤쪽으로 갔다.

거기에는 구룡과 그의 무리 중 한 명이 쪼그려 앉은 채 껍질이 갈라진 푸리앙을 들여다보고 있었다. 과일은 굵은 나무뿌리 사이에 그대로 있었으나 풀은 치워져 있었다.

"왔냐?"

구룡이 말했다.

"무슨 배짱으로 이걸 숨겼냐?"

구룡은 저만치에 보이는 장대 끝을 턱으로 가리켰다. 장대에 걸린 얼굴의 벌어진 입으로 돌멩이만 한 파리가 드나들었다. 볼살은 썩어서 느물느물 떨어졌다. 그 사이로 푸리앙 씨앗이 보였다.

저 남자는 씨앗을 뭍으로 가져가서 무얼 하려고 했을까? 저 귀한 걸 직접 가져가면 노비 신분에서 벗어날 수 있는 게 아닐까? 챙을 두른 흑건을 쓴 자보다 더 높고 고귀한 땅의 인간이 될 수 있는 게 아닐까? 노비만 가득한 이 섬을 벗어날 수 있는 게 아닐까?

이런 생각들이 번득였으나 지금은 내 머리가 몸에서 떨어지는 걸 먼저 걱정해야 했다.

"못 본 걸로 할 수는 없을까?"

나는 조용히 말했다.

이들은 서로를 아주 잠시 쳐다봤다. 그러더니 구룡은 배를 움켜잡았다. 그의 일행은 고개를 뒤로 젖히더니 자지러졌다. 호쾌한 웃음소리는 신음과 함께 풀이 죽었다. 구룡의 일행이 손목을 부여잡았다. 그의 오른손은 잘려 있었다. 그 위에 덧댄 헝겊에는 핏물이 뱄다.

"너 같으면 그러겠냐?"

구룡은 고개를 무릎 사이에 넣고 낄낄댔다.

"네 머리가 저기 걸릴 걸 생각하니 웃음을 참을 수가… 크크크. 그래도 지나갈 때마다 인사는 해줄게."

구룡은 숨을 할딱이며 말했다.

난 작업 주머니에서 쇠고리를 꺼내 빠르게 휘둘렀다. 쇠고리는 구룡의 뒷덜미에 박혔다. 벌건 피가 위로 솟구쳤다. 구룡은 꺽꺽 숨을 내뱉더니 그대로 움직이지 않았다.

손목이 잘린 남자는 하얗게 질린 표정으로 뒷걸음질을 치다 넘어졌다. 뒷덜미에 꽂힌 쇠고리는 목뼈에 걸렸는지 잘 빠지지 않았다. 발로 구룡의 머리를 밀어 간신히 뽑자 피가 튀었다. 나는 바로 넘어진 노비 쪽으로 몸을 날렸다. 쇠고리를 잡은 손을 있는 힘껏 돌렸다.

쇠고리는 땅에 꽂혔다. 이것이 꽂힌 눅진한 흙은 노비의 오른손이 멀쩡했다면 손등이 있어야 할 자리였다.

그는 주저앉은 채로 엉덩이를 뒤로 밀더니 이내 일어서서 남쪽으로 달렸다. 구룡의 구역이 있는 방향이었다. 내가 일어섰을 때, 거리는 이미 상당히 벌어져 있었다. 난 쫓아갈 생각을 접었다.

숨을 고르며 쪼그려 앉았다. 이마를 긁었다. 태양은 뜨거웠고 주변은 고요했다. 거친 호흡이 진정되자 목이 말랐다.

나는 푸리앙을 넣어둔 뿌리 앞으로 걸어갔다. 작은 균열 사이로 쇠고리를 박고 또 박았다. 쇠고리가 오돌토돌한 껍질에 여러 번 튕겨졌지만, 끊임없이 휘둘렀다. 작은 균열은 점점 커졌다.

금이 손가락 세 개는 들어갈 정도로 벌어지자, 과즙이 콸콸 쏟아졌다. 난 자세를 한껏 낮춘 뒤 쏟아지는 과즙에 입을 가져다 댔다.

벌컥벌컥.

꿀꺽꿀꺽.

머리털은 곤두섰고 머릿속은 간질간질했다. 손가락으로 머리를 박박 긁어도 해결되지 않는, 그러나 불쾌하지만은 않은 그런 간지러움이었다. 이 느낌은 아랫배로 이어졌다. 전신이 찌릿찌릿했다. 할아버지의 주술을 들을 때보다 어지러웠다. 이런 게 황홀하다는 것인가?

침은 되삼킬 수 없을 정도로 샘솟았다. 손으로 목을 쓰다듬으며 흐르는 침과 과즙을 입안으로 욱여넣었다. 혀와 목구멍, 위장은 새벽 어스름 이슬이 흘러 들어갈 때보다 시원했다. 정강이 털이 돋는 게 느껴졌다. 쫙 펴진 발가락은 힘이 풀리지 않았다.

껍질의 벌어진 틈 사이로 손가락을 후벼 넣었다. 빼낸 손가락 사이에는 허연 고름과 같은 흐물흐물한 건더기가 묻어 있었다. 손가락을 입에 넣고 쪽쪽 빨았다. 새콤달콤했다. 고개를 들고 하늘을 보며 입을 벌렸다. 하늘은 땅이 되었고 땅은 하늘이 되었다.

금에 쇠고리를 걸어 껍질을 쪼개보려 했으나 아무리 힘을 줘도 더 벌어지지는 않았다. 쇠고리를 집어 던진 나는 기합을 내질렀다.

한달음에 장대까지 달려갔다. 단번에 머리가 걸려 있는 곳까지 올라갔다. 그 어떤 짐승보다 빨랐다. 아니, 내가 날짐승 그 자체였다. 못 할 것이 없었다.

잘린 머리를 잡은 순간 입안에서 잠자던 쉬파리 네댓 마리가 윙윙 덤벼들었다. 고개를 세차게 흔들었으나 파리는 좀체 다른 곳으로 날아가지 않았다. 한 팔을 크게 휘저어 파리를 쫓았다. 몸이 기우뚱했으나 다시 중심을 잡았다. 문드러진 입술 사이로 손을 넣었다. 끝이 뾰족한 타원형 모양의 푸리앙 씨앗을 천천히 꺼냈다. 나는 이것을 작업 주머니에 넣었다.

먼발치에서 나무가 흔들렸다. 새는 하늘로 날아올랐다. 들짐승은 이리저리 뛰었다. 흙먼지가 풀과 나무를 뚫고 피어올랐다. 으르렁대는 소리가 잎사귀를 타고 내 귀를 건드렸다. 감독관과 들개 무리가 오고 있었다. 섬 중앙에 우뚝 솟은 심록의 한라산은 모든 걸 가만 내려다보고만 있었다.

나는 썩은 머리의 입속에 침을 두어 번 뱉은 뒤 그걸 동쪽으로 던졌다. 장대에서 내려와 곧장 마을로 달렸다.

나를 본 선령은 두 손으로 입을 틀어막았다. 내 윗도리는 피범벅이었다.

"호노야!"

할아버지가 날 불렀다.

"오오, 과즙에 취했구나. 과즙에 취했어."

그는 얼굴을 감싸고 고개를 숙였다.

"지금 네가 품은 감정은 진짜 네 것이 아니란다. 고귀한 푸리앙이 주는 환각일 뿐이란다. 미천한 우리들이 느껴서는 안 되는 것이야. 호노야. 내가 잘 말해볼 테니 나를 믿고 오두막에 들어가 제발 얌전히 있거라."

주술사 할아버지는 두 손을 모은 채 애원했다. 검붉은 헝겊이 할아버지의 오른손에 감겨 있었다. 손가락이 잘린 손을 부여잡고 또 빌 생각을 하는 할아버지가 참 한심했다.

"웃기지 마."

난 할아버지가 허리춤에 찬 손도끼를 낚아챘다. 옆에서 놀라 굳은 선령의 손목을 붙잡고 북쪽으로 뛰었다.

항구에는 뗏목이나 조각배를 타는 짐꾼 노비들이 있다고 했다. 뗏목을 훔쳐 타면 이 섬을 벗어날 수 있을 것이다. 씨앗만 있으면 땅의 인간이 될 수 있다. 주술사처럼 비굴하게 살지 않아도 된다. 여의찮으면 짐꾼 노비 무리로 숨어드는 방법도 있다. 이도 실패하면 섬을 떠돌면서 우리 둘을 받아주는 노비 무리를 찾으면 그만이다.

도끼를 더 세게 움켜쥐었다. 나를 부르는 할아버지의 외침은 점점 멀어졌다.

"이거 놔!"

선령이 비명을 지르며 잡힌 손을 뿌리쳤다. 그녀의 손목은 빨갛게 부어 있었다.

"뭐 하는 거야."

"길게 설명할 시간 없어. 좀 있으면 그들이 우릴 따라잡을 거야."

"누가?"

선령이 소리쳤다.

"감독관이랑…"

난 들개 이야기를 덧붙이려다 말았다. 선령은 땅에 풀썩 주저앉았다. 그녀의 숨은 턱 끝까지 차올랐다. 말하기 힘들 정도로 보였다. 난 뒤꿈치를 들어 누가 쫓아오지는 않는지 내다봤다. 새는 날아오르지 않았다. 나는 자상한 표정을 지으며 선령의 앞에 마주 앉았다.

"어디로 가게?"

"바다."

"할아버지가 바다 근처에는 절대 가지 말라고 한 말 기억 안 나? 거기에는 언제나 죽음이 떠 있다고 했잖아. 섬 곳곳에 남아 있는 도륙의 각인이 거기선 여전히 일상이라고 했단 말이야. 할아버지가 늘 그렇게 말씀하셨잖아! 너 대체 왜 그래!"

선령은 흐느꼈다. 난 풀을 한 움큼 뜯어 하늘로 던졌다.

"주술사 말은 다 개소리야. 우릴 속이고 있었던 거라고. 기원을 올리자마자 이런 일이 일어나는 게 말이 된다고 생각해? 그리고… 바다 너머에도 분명 사람이 살고 있어. 우리가 지낼 수 있는 곳은 여기만 있는 게 아니야."

"그래도… 마을 사람들을 두고 어떻게 떠나. 할아버지는 널 지키려고 손가락까지 잘렸는데…. 지금 돌아가면 감독관이 용서해 줄지도 몰라. 응?"

선령은 식식거렸다. 난 두 주먹을 불끈 쥐었다.

"그럼, 언제까지나 노비로 살자고? 푸리앙 나무로 뒤덮인 섬에서는 과일을 따다 떨어져 죽거나 아니면 굶어 죽는 길뿐이야. 운이 좋으면 두 손이 잘린 채 비렁뱅이로 살겠지. 그게 네가 바라는 인생이야?"

나도 모르게 목소리가 올라갔다. 뒤늦게 주변을 둘러봤지만 기척은 없었다. 나는 심호흡한 뒤 무릎을 세웠다. 선령은 검은 앞니를 딱딱거렸다. 난 작업 주머니에서 푸리앙 씨앗을 꺼내 선령에게 들이밀었다.

"이거 봐. 이게 우리를 도와줄 거야. 이것이 우릴 뭍으로 데려다줄 거야."

선령은 휘둥그레진 눈으로 씨앗을 잡았다. 그녀는 두 손으로 씨앗을 움켜쥐고는 코로 가져갔다. 선령의 미간이 오밀조밀 찌그러졌다.

저 멀리서 들개가 컹컹 짖는 소리가 들렸다. 더는 선령의 답을 기다릴 새가 없었다. 난 선령의 팔목을 꽉 붙잡고는 달리기 시작했다.

"잠깐만, 난 아직…."

선령이 소리쳤지만 나는 무시했다.

내 뜀박질은 아까와 같았으나 선령의 발걸음은 점점 느려졌다. 나보다 머리 두 개나 키가 작은 그녀는 고개를 든 채 숨을 가쁘게 몰아쉬었다. 그 숨이 당장 끊겨도 이상하지 않을 정도로 선령의 얼굴은 하얬다. 들개 소리는 점점 가까워졌다. 선령은 이미 한계란 걸 온몸으로 표현하고 있었지만 그렇다고 멈출 순 없었다. 선령의 손목을 더 꽉 잡고 앞으로, 바다로, 땅을 향해 이끌었다. 어느 순간부터는 선령의 발걸음 소리가 들리지 않았다. 질질 끌리는 소리만이 귀를 긁었다.

짠 내가 솔솔 났다. 아주 낯선 향기였기에 항구가 가까워졌다는 걸 알았다. 나는 속도를 늦추며 뒤를 흘겨봤다. 선령은 바닥에 누워버렸다. 그녀의 가슴이 거칠게 오르내렸다. 멈춘 나는 선령 옆에 쪼그려 앉았다. 나 역시 체력이 떨어져 쉬고 싶었다. 수풀은 흔들리지 않았다. 우린 함께 숨을 골랐다.

그 순간 두꺼운 나무 사이로 머리에 검은 갈기가 있는 들개가 나타나 달려들었다. 들개는 단숨에 선령의 발목을 물었다. 선령은 숨을 몰아쉬는 와중에도 하늘을 가르는 비명을 질렀다. 그녀가 지른 소리에 잎사귀가 떨렸다.

"안 돼! 선령을 놔!"

나는 허둥지둥 손도끼로 들개의 머리를 찍었다. 있는 힘껏 휘둘렀건만, 도끼날은 단단한 들개의 머리에 박히지 않고 튕겼다. 들개의 목을 향해 도끼를 휘둘렀지만 고기를 자르는 느낌은 없었다. 들개의 뻣뻣한 털과 질긴 가죽은 주술사의 도끼로 뚫을 수 없었다.

선령의 발을 문 들개는 머리를 가만히 둔 채 입꼬리를 올리며 나를 봤다. 마치 웃는 거 같았다. 검은 갈기는 위로 뻣뻣이 솟았고 이빨에서는 침이 흘렀다. 끈덕진 침이 땅에 툭툭 떨어졌다. 저것은 사냥을 즐기고 있다.

난 뒷걸음질을 쳤다. 선령은 나를 부르며 비명을 멈추지 않았으나 나는 귀를 닫았다.

'그래도 그냥 가선 안 되지. 그럴 수는 없지.'

선령에게 다가갔다. 내가 다가설수록 선령의 눈이 일렁였다. 그녀는 손을 잡아달라는 듯 팔을 쭉 뻗었다. 나는 그녀의 한 손에 든 씨앗을 빼앗아 작업 주머니에 넣었다. 그 순간, 선령의 얼굴에 있는 모든 주름이 구겨졌다. 그녀의 허옇고 깊은 눈에는 내가 알 수 없는 감정이 담겨 있었다. 나는 차마 오래 눈을 맞출 수 없었다. 고개를 휙 돌렸다. 그러고 나서 바다를 향해 더 빨리 달렸다. 살이 뜯기고 뼈가 부러지는 소리는 점차 멀어졌다.

숨을 고르며 걸음을 늦췄다. 짠 내는 진해졌다. 들개의 흔적은 없었다. 제3구역에서 얼마나 멀어졌는지는 알 수 없었으나 어차피 더 뛰기도 힘들었다. 땀이 비 오듯 쏟아졌다.

가쁜 숨을 가라앉히기 위해 걸음을 늦췄다. 땀을 닦으며 나무에 기댔다. 선령의 검은 앞니를 둘러싼 자글자글한 주름이 떠올랐다. 생전 처음 보는 표정이었다. 고개를 세차게 흔들어 선령을 머릿속에서 지웠다. 작업 주머니에 손을 넣고 부적을 다루듯 씨앗을 아주 조심스레 쓰다듬었다. 씨앗의 겉면은 매끈했다.

"어쩔 수 없었어. 어쩔 수 없었어."

스스로에게 속삭였다. 아니, 씨앗이 그렇게 나에게 속닥거렸다.

주변은 고요했다. 풀벌레는 울지 않았고 새는 노래하지 않았으며 개미굴은 보이지 않았다.

풍경은 변했다. 나무줄기에는 두꺼운 가시가 돋았다. 높은 곳에 달린 잎에는 털이 달렸다. 풀 사이로는 활짝 펼쳐진 여러 장의 잎사귀가 보였다. 만져보고 싶을 만큼 오묘한 색감이었으나 혹시 독이 있을까 싶어 참고 앞으로 나아갔다.

사박거리는 소리가 나 발밑을 봤다. 발밑에 깔린 모래는 뜨듯했다. 무릎을 꿇고 손으로 모래를 비볐다. 모래를 한 움큼 집은 뒤 조금씩 흘려보냈다. 바닥에 쌓이는 모래를 가만 지켜봤다. 그러다 어떠한 기척을 느껴 반사적으로 몸을 숨겼다.

나무와 나무 사이로 기다랗고 검은 혀가 보였다. 이 혀는 목을 뒤로 젖혀도 높이를 가늠할 수 없는 거대한 쇳덩이의 입에 꽂혀 있었다. 거대한 입속으로는 푸리앙뿐 아니라 반듯하게 깎인 나무, 오묘한 색을 가진 잎사귀, 두 손이 꽁꽁 묶인 노비들이 들어가고 있었다.

철선 옆에는 조각배와 뗏목들이 출렁이는 물결을 버티며 떠 있었다. 나는 저게 '바다'라는 걸 직감했다. 뗏목 위에 있는 이들은 지푸라기로 쇳덩이 밑부분을 박박 문질렀다. 피부가 까지고 손톱이 날아갈 정도로 철선을 문질러도 하얀 뼛조각 같은 껍질은 잘 떨어지지 않았다.

고개를 다시 왼쪽으로 돌려 수레를 바라보니 '그것들'이 보였다. 흑건을 쓴 무리, 이빨 사이로 침을 흘리는 들개. 흑건들은 고개를 모래에 박고 있었다. 할아버지가 그들에게 수그린 것처럼 쇳덩이의 입을 향해 머리를 조아렸다. 머리에 검은 갈기가 달린 들개는 긴 행렬의 제일 끝에 쪼그려 있었다. 들개의 턱에는 뻘건 피가 묻어 있었다.

한 들개가 나를 발견하고는 으르렁거렸다. 하지만 움직이지는 않았다. 침만 질질 흘렸다.

그때 알았다. 주술사 할아버지가 이들 앞에서 꼼짝하지 못하는 것처럼 저들은 쇳덩이 밑에서 미동조차 할 수 없는 거구나. 냄새를 맡은 들개는 발톱만 세울 뿐 달릴 수는 없는 거구나.

기회는 이때다 싶어 철선의 입으로 들어가는 행렬을 우측으로 우회하며 사뿐히 뛰었다. 나무를 서너 개쯤 지나쳤을 때 들개가 짖었다. 들개는 더는 참지 못하고 네발을 쭉 편 채 나를 바라보며 컹컹댔다. 챙이 달린 흑건을 쓴 남자가 채찍으로 내리쳤으나 들개는 제자리에서 돌며 짖는 걸 멈추지 못했다.

남은 힘을 짜내 뗏목으로 달렸다. 뗏목은 철선이 입을 댄 목조 부두에서 그리 멀지 않았다.

바다에 빠지면 땅에서 달리는 것처럼 온몸을 허우적대면 된다. 그럼 앞으로 나아갈 것이다. 그리 생각하자 힘이 솟구쳤다. 들개가 나에게 달려온다 해도 무섭지 않았다. 날카로운 이빨을 요리조리 피하며 달릴 자신이 있었다. 혹여 발목이 물리면 나는 들개의 목을 비틀어 선령의 복수를 할 것이다.

부두 끝에 다다를 즈음, 눈앞에서 거대한 불꽃이 순식간에 피었다. 이 열기는 나무 정상에서 느끼는 한낮의 태양보다 더 뜨거웠다. 살갗이 녹을 거 같았다. 주춤주춤 뒷걸음질 치며 흔들리는 시야를 애써 바로잡았다. 챙이 달린 흑건을 쓴 남자와 들개가 내 쪽으로 달려왔다. 그 뒤로는 손목이 잘린 구룡의 일행이 보였다.

이판사판이었다. 불길을 뚫고 바다로 뛰어들려 했으나 수면에 둥둥 떠 있는 것들에 눈이 갔다. 부두와 뗏목 사이에는 부유하는 것들로 가득했다. 아랫도리에 거적만 간신히 걸친 노비들이었다. 노비의 손이나 발은 잘려 있었다. 등골을 타고 식은땀이 흘렀다.

내가 바다로 뛰어들지 못하자 또 한 번 내 앞에서 쾅, 소리와 함께 불길이 피었다.

"뭐야, 또 도망쳤어?"

철선의 입 앞에는 온통 검은색으로 뒤덮인 사람의 형체가 짝다리를 짚고 서 있었다. 동그랗고 매끈한 머리는 태양 빛을 반사했다. 동물의 가죽 같은 검은색 옷은 전신에 쫙 달라붙었다. 발목까지 올라온 신발은 흠 하나 없이 미끈했다. 발가락이 꼼지락거리는 것까지 보일 정도였다.

그런데 이것이 내는 소리는 내가 알아들을 수 있는 말이었다. 눈, 코, 입은 동그랗고 매끈한 것에 가려져 있으나 저 사람이 하는 말은 분명 우리말이었다. 아, 저자는 땅의 인간이구나. 난 벌어진 입을 다물지 못했다.

땅의 인간은 가늘고 긴 막대를 들고 있었다. 막대기의 밑부분은 굵었으나 끝으로 갈수록 가늘어졌다. 이것의 밑부분에는 손잡이가 달려 있었으며 반대쪽 끝에는 구멍이 뚫려 있었다. 땅의 인간은 막대기의 구멍을 내 쪽으로 향했다. 불빛이 번쩍하더니 내 옆에서 불꽃이 타올랐다. 허벅지와 정강이가 타들어 갔다. 비명을 지르며 반대쪽으로 달렸다.

"수확종 관리 똑바로 안 해!"

땅의 인간이 누군가에게 소리쳤다.

이 말을 끝으로 쾅, 소리와 함께 챙이 달린 흑건을 쓴 남자가 터졌다. 그는 연기가 되어 사라졌다. 이빨을 드러냈던 들개는 깨갱거렸다. 귀는 떨어뜨리고 몸은 옹그렸다. 이어 내 앞에서도 쾅, 나무 하나가 반으로 쪼개지더니 파란빛을 내며 활활 탔다. 털썩 주저앉은 나는 허벅지를 두 손으로 감쌌다.

"이달에만 도대체 몇 번째야. 다 거둬들일까?"

땅의 인간은 쇠막대기를 어깨에 걸쳤다. 흑건 무리는 코가 모래사장에 파묻힐 정도로 머리를 박아 넣었다. 이들은 연신 이렇게 주절거렸다.

"신왕의 대리인이시여. 부디 용서를…."

저 단어를 여덟아홉 번쯤 되뇌었을 때 하늘에서 천둥보다 더 큰 소리가 울렸다. 바다 위에 있는 거대한 철선의 첨탑처럼 생긴 곳에서 빛이 번쩍였다.

빛은 허공에 네모나게 펼쳐졌다. 모두를 압도할 만큼의 광대한 크기였다. 네모난 빛 그 속에서 사람의 얼굴이 나타났다. 이 사람의 볼은 우리와 비슷할 정도로 쏙 들어가 있었고 턱수염은 뻣뻣했다. 머릿결은 장대에 걸린 머리처럼 곱슬곱슬했다. 눈은 선령의 눈처럼 동그랬으며 목선은 구룡처럼 앙상했다.

"신왕이시여."

흑건들이 일제히 외쳤다. 나는 살이 타는 고통에 몸부림치면서도 이 기이한 광경을 놓치지 않았다.

"나의 종들아."

신왕은 입술을 오물거리더니 메마른 어조로 읊었다.

"욕심에 눈이 먼 종이야말로 속박된 삶을 사는 종이로다. 너희 자신을 종으로 내주어 나에게 순종함으로써 너희를 둘러싼 속박을 풀어낼 수 있을지어다. 과일의 새콤달콤함에 사로잡혀 사는 종이 되지 말지어다. 찬란한 꽃의 종이 되지 말지어다. 고기의 맛을 아는 탐욕스러운 종이 되지 말지어다. 목숨을 바치는 희생을 모르는 잠에 취한 종이 되지 말지어다. 살갗에 흐르는 피와 더위를 피하고 싶은 종이 되지 말지어다.

나의 종들아. 종이 종으로서 할 일을 해야 평온을 얻고 몸에 두른 사슬을 풀어낼 수 있을지어다. 그래야만 우리가 저지른 생태전쟁의 죄를 씻어낼 수 있을지어다. 이를 모른다면 한낱 연기 같은 존재가 아니고 무엇이겠는가. 너희 자신을 내게 바침으로써 주인인 척하는 죄의 종이 아닌 결박을 풀어내는 영원한 자유를 누리게 될지어다."

네모난 빛이 내는 소리가 쩌렁쩌렁 울렸다. 하늘이 반으로 쪼개지는 거 같았다. 신왕의 동그란 눈에서는 허연빛이 번쩍였다. 저 눈에서 나는 빛은 그 깊이를 알 수 없을 정도로 영롱했다. 숨이 턱 막혔다. 몸은 바들바들 떨렸다. 머리를 두 손으로 감쌌다.

"신왕이시여."

노비와 흑건 무리, 땅의 인간 모두가 엎드려 절을 하며 똑같은 말을 외쳤다. 네모난 빛은 주변을 굽어봤다. 내 아랫배에서는 지금껏 경험하지 못한 기분이 솟아올랐다. 긴장되면서 흥분되었고 무서우면서도 화가 났다.

이빨을 꽉 깨물고는 간신히 일어나 바다로 다시 달렸다. 몸을 날려 물에 둥둥 떠 있는 시체 위로 엎어졌다. 손이 잘린 이들을 타고 넘으며 뗏목으로 향했다.

어느새 네모난 빛은 사라졌다. 내 뒤에 서 있는 땅의 인간들은 나를 물끄러미 내려다봤다. "어떻게 하지…", "냅둬…", "제깟 것이 가봤자…"라는 말소리가 희미하게 들렸으나 나는 개의치 않고 떠 있는 죽음을 동아줄 삼아 뗏목으로 접근했다.

뗏목 위에 있는 노비는 엎드린 채 나를 보며 어찌할 줄을 몰라 했다. 나를 밀어내지도, 그렇다고 가만히 엎드려 있지도 않은 채 몸을 꿈쩍꿈쩍할 뿐이었다. 나는 뗏목에 올라가 머리가 산발인 노비를 발로 차서 바다에 빠뜨렸다. 그렇게 길을 트고는 뗏목들을 건너뛰며 철선의 머리에 붙은 조각배 쪽으로 경중경중 달렸다.

내 뒤에서는 웃음소리가 끊이지 않았다. 불꽃은 부유하는 죽음을 태우며 바닷속으로 빠졌다. 하늘에는 불길이 일직선으로 그어졌다.

마침내 철선의 끝에 이르렀다. 조각배에 있던 노비는 나를 마주하자 스스로 바다에 뛰어들었다. 조각배를 차지한 난 철선의 둥그스름한 머리를 힘껏 밀었다. 조각배는 대해로 나아갔다. 배에 붙어 있는 노를 힘차게 저었다. 느리지만 아주 조금씩, 조금씩 앞으로 나아갔다.

작업 주머니에 손을 넣어 푸리앙 씨앗을 꺼냈다. 모양은 다행히 온전했다. 이 씨앗을 코에 대고 킁킁 냄새를 맡았다. 그윽한 향내가 아주 미세하게 나고 있었다.

이 씨앗은 살아 있다. 이것만 있으면….

손가락 끝에 조금 더 힘을 줬다. 그러자 씨앗이 바사삭하고 부서졌다. 부서진 씨앗 가루는 손가락 사이사이로 떨어졌다. 떨어진 가루는 출렁이는 물에 의해 흔적도 없이 쓸려 갔다.

"…"

배의 앞부분이 기우뚱 올랐다가 밑으로 쿵 떨어졌다. 나는 덩그러니, 주변을 둘러봤다. 내 앞에는 조각배보다 족히 열 배는 큰 거대한 파도 외에는 아무것도 보이지 않았다.

제니의 역

내가 찾아간 첫 번째 집에서 제니는 사망신고서를 쓰고 있었다. 이 집의 이주 여자는 한국말은 할 줄 알지만 읽고 쓰는 건 못 해 제니가 대신 사망신고서를 작성했다.

"누가 돌아가셨나요?"

마룻바닥에 놓인 탁자에 턱을 괴며 물었다.

"엄마."

건조기에 고추를 넣고 있는 여자는 뒤를 돌아보지 않고 말했다.

"엄마가 여기 계세요?"

"아니. 시엄마."

고개를 돌린 여자의 눈 밑은 검붉었다.

건조기의 문이 닫히자 팬 돌아가는 소리가 집 안을 가득 채웠다. 여자는 나일론 끈 꾸러미를 들고 마당으로 나갔다. 탁자 옆에는 하얀색 원통 모양의 몸통 위에 손바닥 크기만 한 네모난 화면이 달린 제니가 서 있었다. 제니는 화면과 몸통 사이에 달린 선반에 사망신고서를 올려놓고 프린트용 레이저로 빈칸을 채우고 있었다.

"끝났어?"

두 손을 동그랗게 말아 입술 앞에 대고 제니에게 물었다.

"조금만 기다려 주세요. 바쁘시지 않으면 차라도 드세요. 열심히 작성하고 있습니다."

제니는 화면에 한쪽 눈만 찡긋하는 이모티콘을 띄웠다. 녹색 픽셀 이모티콘은 한쪽 눈을 감고 뜨기를 반복했다. 난 픽 웃었다.

현관문 왼쪽에 있는 창틀 위로는 참깨 대를 묶으며 빨간색 스카프로 땀을 닦는 여자의 상반신이 보였다. 제니는 차를 마시라는 말은 했지만 직접 타서 가지고 오지는 않았다. 나는 일어서면서 주방으로 걸음을 옮기려다 말았다. 키가 내 가슴 높이만 한 제니는 모니터 베젤에서 나오는 레이저로 사각사각 글씨를 썼다. 제니를 한 바퀴 빙 둘러보고 나서 탁자에 놓인 설문

조사지만 챙겨 집 밖으로 나왔다. 손차양으로 가을 햇빛을 가렸다.

군청에서는 인간의 언어를 연결하고 기록하는 마인드베이스 기능을 갖춘 지능형 로봇 제니 20대를 내가 사는 마을의 다문화 가정에 시범 공급했다. 사회복지관이 멀거나 교육 시간을 보장받지 못해 한국어가 늘지 않는 이주 여성의 언어 자립을 돕기 위한 사업이었다. 마을 사람들은 옛적부터 군수 후보의 공약으로만 보던 일이 실제로 시행된 걸 신기해했다. 나는 제니가 보급된 가정에 발송한 만족도 조사 설문지를 수거하면서 제대로 작성되었는지 확인하는 것과 동시에 사례비 수령 확인 서명을 받는 아르바이트를 했다. 농촌에서는 가정을 직접 방문해야 설문지가 제대로 작성되기 때문에 이러한 일이 필요했다. 마을을 이룬 서른 가구 중 스무 가구가 다문화 가정이다.

첫 번째 집의 옆집인 두 번째 집에는 아홉 살 남자아이와 일곱 살 여자아이만 있었다. 아이들의 아빠와 엄마는 논일을 나갔다. 제니는 원통형 몸통 아래 달린 네 개의 검은색 바퀴를 재빠르게 굴리며 아이들이 가지고 오라는 물건을 쉴 새 없이 날랐다. 아이들은 자신들이 말한 마법 지팡이 장난감을 찾지 못하는 제니가 이리 돌고 저리 돌자 까르르 웃었다.

"얘들아, 설문지 봤니?"

손을 배에 올리고 발을 버둥거리며 웃는 아이들에게 내 말은 들리지 않았다. 목소리를 높이자 그제야 아이들이 시선을 내게 돌렸다.

"설문지 봤어?"

"설문지가 뭐예요?"

여자아이가 답했다.

"아니, 그게 뭐냐면… 내가 제니랑 대화를 좀 해도 될까?"

"네. 그러세요."

웃음을 멈춘 남자아이가 바지 지퍼를 붙잡은 채 화장실로 달려갔다. 제니는 안방에서 설문지를 찾아서 내게 가져다줬다.

두 번째 집은 아빠와 엄마 모두 해외에서 왔다. 한국 농촌에 일하러 왔다가 만난 이들은 아이를 가진 뒤 이곳에 정착했다. 부부가 이 마을에 산 지는 꽤 오랜 시간이 흘렀지만, 이들의 한국어는 능숙하다고 할 수 없었다. 농촌에서는 농사일로 만나는 사람이 전부인 데다 대화의 주제는 작물의 업황과 날씨가 전부여서 한국어가 늘기 쉽지 않다. 더군다나 가정에 아이들 빼고는 한국에서 태어난 사람이 없으므로 글의 의미를 명확히 이해하는 건 이들에게 어려운 일이다.

"제대로 설명하면서 작성한 거지?"

설문지를 살펴보다 말고 제니에게 물었다. 내게 설문지를 건

네고는 마법 지팡이를 찾으러 방으로 들어가려는 제니는 잠시 멈추더니 뒤로 돌았다.

"그분들 언어로 설명하고 또 대답도 들었습니다. 설문지의 내용을 정확히 이해하셨어요."

"잘했어. 고마워."

제니는 방긋 웃더니 화면에 띄운 눈 모양을 오른쪽 밑으로 흘겼다. 마법 지팡이를 가슴에 안고 있는 여자아이는 몸을 낮춘 채 슬금슬금 제니의 뒤로 다가서고 있었다. 피식 웃은 뒤 두 번째 집을 나왔다.

세 번째 집에 가기 위해 언덕을 넘는데 고동색 지팡이를 쥔 할머니가 내 뒤에서 다은아, 하고 불렀다. 할머니는 집에 옥수수가 쌓여 있으니, 엄마한테 가져가라고 하라면서 지팡이로 아스팔트 언덕을 콩콩 때렸다.

"어디 가는 길이여?"

"제니 만족도 설문지 가지러 가는 길이에요."

"제니가 누구여?"

쫙 편 손날을 가슴에 붙이고 제니가 무엇인지 할머니에게 설명했다. 할머니는 "제기럴, 뭔 말인지 하나도 모르겠구먼"이라고 말하고는 지팡이로 다시 땅을 콩콩 치면서 걸어갔다. 천천히 세 발로 내리막을 걷는 할머니의 등을 한동안 지켜보고 나서 세 번째 집으로 향했다.

저녁 식사 시간대를 맞추려면 이번 집까지만 설문지를 수거하고 집으로 돌아가야 했다. 발걸음은 점차 빨라졌고 이에 맞춰 세 번째 집에서 들리는 목소리도 점점 커졌다.

이 집의 제니는 남자가 친구에게 꾸어준 돈이 얼마인지 세고 있었다. 남자는 친구한테 빌려준 돈이 얼마 안 된다고 했고 여자는 거짓말하지 말라면서 장롱을 뒤졌다. 여자 뒤로 옷가지가 날아다녔다. 제니는 여자가 불러주는 금액을 더했고 남자는 뒷짐을 지고 있었다.

"그만 좀 해라. 모른 척할 수는 없잖아."

남자는 여자 못지않게 목소리를 높였다. 나는 주춤주춤 세 번째 집의 마당에 발을 들이밀었다. 이들은 내가 대문 안으로 한 발짝 들어온 것을 알아채지 못했다. 여자는 내가 이렇게 살려고 허리가 굽어가게 일을 한 줄 아느냐고 남자를 향해 소리치며 흐느끼다 나를 발견했다. 나는 뒤로 한 걸음 물러섰다. 여자는 대문이 내다보이는 방문을 있는 힘껏 닫았다.

"다음에 다시 올까요?"

어깨를 움츠리며 말했다.

"어, 왔구나. 아니야. 여기 앉아."

그는 평상을 손으로 문질렀다.

남자는 툇마루에 놓여 있는 구겨진 종이를 가지고 왔다. 그는 종이를 두어 번 툭툭 털었다. 남자는 아내에게 설문지 내용을 꼼꼼히 설명하면서 작성했다고 했다. 그러면서 그는 집사람이 제니를 잘 활용하고 있기는 하나 그것 때문에 자신이 피곤한 일이 많아졌다며 한숨을 쉬었다. 평소 같으면 집사람이 모르고 지나쳤을 내용을 이제는 하나도 빠짐없이 다 챙긴다는 것이다. 남자는 이주 여성 말고 남편들을 위한 설문 조사도 있어야 한다고 말하며 설문지를 팔랑거렸다. 난 혹시 그가 종이를 찢지는 않을까 하는 생각에 두 손바닥을 가지런히 모았다. 남자는 나와 종이를 한 번씩 흘끗 보고는 설문지를 내게 건넸다.

"엄마가 죽어서 돈이 필요하다는데, 그거 꿔줬기로서니."

남자는 한숨을 깊이 쉬어가며 말을 이었다.

첫 번째 집의 할머니가 돌아가시자 남자는 고인의 아들이자 친구에게 집에 있는 현금을 모두 찾아서 빌려줬다. 남자의 친구는 남자에게 엄마 가시는 길에 돈이 필요하다고 했다. 남자는 망설이지 않고 장롱을 뒤져 현금을 꺼냈다. 그는 친구에게 현금 뭉치를 건네면서 돈을 빌려 가는 구체적인 이유를 묻지 않았다. 남자는 그러는 게 당연하다고 생각했다.

여자는 국내 체류 자격을 입국허가 면제에서 결혼이민으로 바꾸려 했다. 고향에 다녀오기 위해서는 출입국 절차에 문제가 없어야 했다. 그녀는 제니에게 관련 절차를 묻기 위해 장롱 서랍에서 펜과 공책을 꺼내다가 왕복 비행기 표 살 돈이 사라진 걸 알았다.

"안 들킬 수 있었는데."

남자는 담배를 꺼내 물었다. 나는 평상에서 일어섰다.

"근데 아저씨."

남자는 고개를 들어 나를 바라봤다.

"저희 엄마는 그 집 할머니 돌아가신 거 모르는 거 같던데요."

담배가 타들어 갔다.

"모를 거야, 모를 수밖에."

뿌연 연기가 앞을 가려 눈을 찡그렸다. 남자는 더는 말을 꺼내지 않았다. 그저 묵묵히 하늘만 쳐다봤다. 손부채질을 하며 세 번째 집의 대문을 빠져나왔다. 여자는 내가 갈 때까지 방문을 열지 않았다.

집으로 가는 길에 고동색 지팡이를 쥔 할머니를 언덕에서 다시 마주쳤다.

"제기럴, 제닌지 머신지랑 그만 놀고 어여 들어가 밥 먹어라."

할머니는 지팡이를 내게 휘두르며 말했다. 난 피식 웃고는 할머니를 댁까지 부축했다. 내 손에는 옥수수가 한가득 들렸다.

집에 도착하자 엄마와 아빠는 저녁 식사를 이미 마쳤다. 난 밥과 반찬이 치워지지 않은 식탁에 앉았다. 국은 미지근했고 밥은 차가웠으나 데우지 않고 먹었다.

엄마는 거의 품에 끼고 있다시피 할 정도로 제니 곁에 바짝 붙어 앉아 있었다. 안경을 쓴 엄마는 연필로 종이를 꾹 눌러가며 글자를 적었다. 내가 빈 그릇을 싱크대에 넣으면서 뭐 하냐고 물었는데 엄마는 내 말을 듣지 못했다. 탁자 가까이 가서 내려다보니 제니는 엄마에게 자주 틀리는 한글 맞춤법을 가르치고 있었다. 엄마를 다시 부르려다 말고 설거지하기 위해 싱크대로 걸음을 돌렸다.

엄마는 내가 중학교에 다닐 때부터 어려운 단어의 뜻을 알려달라고 했다. 처음에는 사전을 찾아 단어의 뜻과 용례를 알려줬지만, 머리가 굵어지고 나서는 '나중에'라고 말하며 엄마의 요청을 외면했다. 그때의 내 행동이 후회되기는 하지만 다시 돌아간다 해도 다른 선택을 할 거 같지는 않았다. 나는 엄마에게 내 삶에 대한 화살을 돌릴 만큼 못돼먹게 굴지는 않았지만 그렇다고 가슴에 응어리가 없다고 말하긴 어려웠다. 그저 다른 공간에 있어야 할 삶이 어쩌다 같은 공간에 놓였을 뿐이라고 누르며 살아왔을 뿐이었다.

설거지를 마치고 엄마 옆을 지나가면서 제니를 툭 쳤다. 제니는 빙그르르 돌았고 엄마는 연습장을 덮었다. 얼핏 선거, 등록 절차, 거소 투표 같은 글들이 보였다. 엄마는 탁자 밑에서 설문지를 꺼내 내게 건넸다.

"저기 건조기를 안에 들여놓은 집 있잖아."

엄마의 맞은편에 앉으며 말을 꺼냈다. 엄마는 연습장을 탁자 밑으로 내렸다.

"그 집 할머니 돌아가셨다던데 엄마는 알았어?"

제니가 우리 쪽으로 휙 돌았다.

"뭐?"

엄마는 코끝에 걸린 안경알 위로 눈을 치켜떴다. 내가 그 이야기를 어떻게 알았는지에 대한 자초지종을 전해 들은 엄마는 곧장 신발을 신고 밤길을 나섰다. 탁자 옆에 덩그러니 남겨진 나는 수거한 네 장의 설문지를 제니의 선반에 올렸다. 설문지의 앞뒤를 스캔한 제니는 화면에 오케이를 띄웠다.

사각형 모양의 녹색 픽셀이 제니의 화면에서 깜박거렸다. 심드렁하게 누워 점멸하는 제니를 물끄러미 바라봤다.

"이거 다 어디로 가는 거야?"

"이주 여성의 언어 자립을 돕기 위해 활용됩니다."

"정말 돕는 거야?"

"물론입니다."

"확실해?"

"네."

제니의 하얀색 몸통을 발가락으로 툭툭 쳤다.

"엄마한테는 뭘 가르쳐 준 거야?"

발가락은 멈추지 않았다.

"발부터 치우시면 알려드릴지 생각해 보겠습니다."

갑자기 제니의 화면에 내 얼굴이 나타났다. 히죽이는 눈매와 한쪽만 올라간 입꼬리가 보였다. 표정을 고치고는 무릎을 내 쪽으로 굽혔다.

다음 날 엄마는 아침 일찍부터 제니에게 이것저것을 물었다. 잘 들리지는 않았지만, 제니가 할 줄 아는 언어가 몇 개인지 확인하는 것 같았다. 그러더니 엄마는 아침밥은 알아서 차려 먹으라고 하고는 신발 뒤축을 꺾어 신고 나갔다. 바쁜 엄마 대신 냉장고에서 반찬통 몇 개를 꺼내 식탁에 놓고 밥솥을 열었는데 비어 있었다. 한숨을 푹 쉬고는 냉수로 속을 달랜 뒤 나갈 준비를 했다.

설문지를 수거하기 위해 다섯 번째 집으로 걸어가는데 엄마와 제니가 내가 첫 번째로 찾아간 집의 여자랑 함께 어딘가로 가는 게 보였다. 엄마와 여자는 잰걸음으로 완만한 비탈길을 내려갔다. 제니의 바퀴는 부드럽게 미끄러졌다. 방향을 보니 이들이 가는 곳은 마을회관 같았다. 손을 높이 든 나는 엄마를 불러 세우려다 말았다.

다섯 번째 집에서는 설문지 수거와 사례비 수령 확인 서명을 한꺼번에 해냈다. 입가에 미소를 지으며 여섯 번째 집으로 걸어가려 언덕을 넘는데 사이렌이 울렸다. 소리는 마을회관 쪽에서 나오고 있었다. 여섯 번째 집으로 가다 말고 발걸음을 회관 쪽으로 돌렸다.

회관 앞에는 빨간 불빛이 뱅뱅 돌았고 마을 사람들은 그 주변을 둘러쌌다. 까치발을 들어 어깨와 어깨 사이로 간신히 시선을 던졌다. 사람 띠로 이뤄진 둘레 안에는 경찰 두 명과 첫 번째 집의 여자가 서로의 눈을 응시하고 있었다.

경찰은 첫 번째 집의 여자에게 할머니의 사망진단서와 사체검안서가 왜 없는지 물었다. 여자는 경찰이 무슨 말을 하는지 알아듣지 못해 불안해했고 제니는 단어를 통역했다. 여자는 자신은 아무것도 모른다며 다 남편이 알아서 처리한 거라고 했지만 남편이 어디에 있느냐는 질문에는 대답하지 못했다.

경찰 두 명은 서로 시선을 주거니 받거니 했고 여자의 두 손에는 수갑이 채워졌다. 엄마는 경찰차 창문을 두드리며 고향의 말로 여자에게 이야기를 건넸다. 아마 안심하라는 말이 아니었을까 싶다. 창문에 비치는 엄마의 눈과 차창 안 여자의 큼지막한 눈망울이 좌우로 흔들렸다.

제니는 첫 번째 집 여자의 이름으로 작성한 할머니의 사망신고서를 읍에 있는 행정복지센터에 제출했다. 수갑을 찬 여자가 제니에게 알려준 건 할머니의 이름과 성별, 사망일시와 장소였다. 여자는 할머니가 닷새 전 논에서 일하다가 쓰러졌는데 일어나지 못했다고 알고 있었다. 할머니의 시신은 보지 못했다고 했다. 경찰은 어떻게 그럴 수가 있느냐며 추궁했지만, 여자는 정말 남편이 하라는 대로 했다며 눈물을 흘렸다. 여자는 남편의 소재와 관련한 의심도 받고 있었다. 남편을 찾지 못하거나, 할머니가 어떻게 죽었는지를 증명하지 못하면 여자는 살해 혐의로 송치될 수 있다.

면회를 갔다 온 엄마는 이 이야기를 내게 해주면서 주먹으로 탁자를 몇 번이나 쳤다. 엄마는 한국에 온 지 가장 오래된 마을 이주민으로 이들 중에서 한국말을 제일 잘했다. 이주 여성들이 엄마를 친언니처럼 따랐기에 체류 자격 변경 같은 행정 업무에 내 잔손이 가는 경우가 많았다.

엄마는 여전히 주먹을 쥐고 있었다.

"엄마."

무언가를 골몰히 생각하는 엄마의 눈에는 초점이 없었다.

"우리가 할 수 있는 건 없어."

엄마는 말이 없었다.

"그러니깐 딴생각하지 마."

나는 엄마가 마을 이장을 맡고 있는 아빠와 싸우지 않기를 바랐다. 엄마는 거듭되는 내 요청에 아무런 반응을 보이지 않았다.

설문지를 수거하러 간 여섯 번째 집에서 제니는 고추 포대를 나르고 있었다. 제니의 화면과 원통형 몸통을 잇는 가느다란 목에는 줄이 묶여 있었다. 이 줄은 짐수레와 연결되어 있었다. 수레 위에는 고추 포대가 떨어질 듯 위태롭게 쌓였다. 제니는 제니를 부르는 사람들의 목소리에 응답하며 방향을 이리 틀고 저리 틀었다. 이 집 사람들이 제니가 없었을 때는 어떻게 일했을지 상상되지 않을 정도로 고추를 다듬고 포장하고 나르는 공정 속에 제니는 자연스레 녹아 있었다.

나는 포대가 깔린 마당에 앉아 고추를 하나 다듬으며 설문지를 수거하러 왔다고 했다. 남자는 '설문지?'라고 하며 처음 듣는 이야기라는 표정을 지었고 여자는 고개를 갸우뚱했다. 여자는 고개를 바로 세우고는 '아!' 하더니 손가락으로 내 오른쪽 무릎을 가리켰다. 오른쪽 무릎 앞에 있는 빨간 고추 한 무더기를 손으로 치웠다. 그러자 그 밑에 깔린 설문지가 보였다. 고추씨가 알알이 박혀 있는 설문지는 벌겠으며 또한 쭈글쭈글했다.

나는 가방에서 새 설문지를 꺼내 남자에게 건네며 내일까지는 꼭 해달라고 했다. 장갑을 벗지 않은 남자는 목을 빼더니 턱으로 땅바닥을 가리켰다. 그가 가리킨 땅바닥에는 고추가 끝도 없이 펼쳐져 있었다.

"너무 바빠서."

"제니랑 하면 금방 해요."

남자는 이번에는 턱을 뒤로 돌렸다. 제니는 포대를 나르고 있었다.

"제니가 바빠."

그는 나를 바라보지 않았다. 나는 입술을 꽉 다물었다. 턱 근육이 경직되는 게 느껴졌다.

"이거 안 하시면 군청에서 제니를 수거할지도 몰라요."

목소리를 높였다. 남자는 장갑을 천천히 벗었다.

"언제까지?"

"내일이요."

그는 내 손에 들려 있는 설문지를 받더니 여자와 제니를 불러 방으로 들여보냈다. 그들이 방에서 설문지 작성을 시작하는 모습까지 확인한 뒤 여섯 번째 집을 나왔다.

설문지 수거는 마을의 동쪽에서 시작해 서쪽으로 진행했다. 우리 집이 동쪽에 있어 가까운 집부터 들르는 게 편했고 마을 중앙에 있는 회관에서 서쪽에 사는 사람들을 만날 수도 있었다. 그들이 설문지를 회관으로 가져오면 나는 일일이 집으로 찾아갈 필요가 없었다. 그러나 수확 철이라 사람들은 회관에 잘 오지 않았고, 가구 간의 왕래는 잠시간 끊겨 있었다.

텅 빈 회관을 지나 일곱 번째 집에 도착하자 그들은 내게 도리어 첫 번째 집의 사정을 물었다. 이 집 사람들은 경찰이 첫 번째 집에 출입 금지선을 치고는 붓으로 땅을 훑는 게 사실이냐고 물었다. 나는 이들의 성화에 못 이겨 엄마에게 들은 이야기의 절반 정도만 해줬다. 그들은 내 이야기를 들은 뒤 짧은 탄식을 내뱉고는 자신들이 상상한 시나리오를 써냈다. 난 괜히 말했다는 생각이 들어 다음부터는 아무 말도 하지 않기로 마음을 굳게 먹었다.

여덟 번째 집은 내가 첫 번째 집의 사건을 제일 잘 아는 사람으로 알고 있었다. 이 집 여자는 내가 오는 걸 기다렸다. 난 두 손을 가슴 앞으로 뻗어 좌우로 크게 흔들었다.

"아는 거 없어요."

"그럴 리가 없는데."

여자는 미심쩍은 표정을 지으면서 우리한테는 중요한 일이니 뭔가 아는 게 생기면 바로 전해달라고 했다. 눈웃음을 억지로 짓고는 여자가 건넨 설문지에서 작성하지 않은 답변이 있는지 살폈다. '단점을 고르시오'라는 객관식 질문과 제니의 부족한 점을 서술하는 부분이 비어 있었다.

"여기도 채워야 해요. 그래야 사례비가 나와요."

설문 참여 확인 서명부를 꺼내며 말했다.

"그래도 어떻게…."

무릎에 턱을 괸 여자는 제니를 슬쩍 쳐다보고는 아주 작은 목소리로 말했다.

"네?"

난 여자의 말뜻을 이해하지 못했다. 주저하던 여자는 내가 손가락으로 서명부를 가리킨 뒤에야 설문지를 다시 받았다. 그녀는 왼손으로 연필을 쥔 오른손을 가리고는 납작 엎드려서 글자를 썼다. 여자는 제니에게 예쁜 얼굴이 있으면 좋겠다고 삐뚤빼뚤 적었다.

첫 번째 집의 여자는 경찰서에 간 지 나흘이 지나도 돌아오지 않았다. 엄마는 첫 번째 집의 여자에게 구속영장이 발부돼 구치소로 옮겨졌다고 했다. 그 집에서 할머니의 혈흔과 머리카락이 묻은 장도리가 나왔고 장도리의 손잡이에는 여자의 지문이 찍혀 있었다.

여자의 남편은 여전히 소재가 묘연했다. 경찰은 참고인 조사를 통해 세 번째 집의 남자에게 여자의 남편은 어디 간 것이냐고 물었으나 남자는 자신도 아는 게 없어서 답답하다는 말만 되풀이했다.

엄마와 마을 여자들은 그녀에게 죄가 없을 거라고 확신했다. 첫 번째 집 여자는 마을에 온 지 1년이 되지 않았다. 그녀는 엄마를 볼 때마다 여태까지 고향에 몇 번이나 갔냐고 물으며 밝게 웃었다. 참깨를 털며 고향 생각에 눈을 비비는 그녀가 할머니와 남편을 살해한 뒤 태연히 고추 건조기를 돌리면서 참깨 대를 묶을 리는 없다는 게 엄마의 생각이었다.

이즈음 마을 여자들은 우리 집에 자주 모였다. 이들은 아빠가 이장 일로 나가고 없을 때 거실이 아닌 안방에 모여 앉았다. 여자들은 제니를 데리고 왔다. 안방에 여자와 제니가 가득 들어차면 정말 발 디딜 틈이 없었다. 엄마는 내 이름을 여러 차례 불러가며 먹을 거를 가져오라고 시켰다. 떡이나 강정, 약과를 접시에 담아 들고 문을 열면 방에 꽉 들어찼던 열기가 거실로 훅 빠져나왔다.

여자들은 땀을 삐질삐질 흘리면서도 자세를 흐트리지 않고 앉아 있었다. 여자들 사이사이에 있는 제니의 화면에는 같은 모양의 녹색 픽셀이 반짝였다. 접시를 엄마에게 건넨 뒤 문이 닫히기 전까지 그들을 바라봤다.

제니는 엄마가 태어난 나라의 언어를 그 옆의 여자가 자란 나라의 언어로, 또 이를 한국어로, 다시 각 나라의 언어로 연결했다. 여자들의 말소리는 모두 달랐지만, 이들의 대화는 한순간도 끊어지지 않았다. 엄마가 자신의 언어로 말하면 찰나의 지연 없이 그 의미가 정확히 다른 여자들에게 전달되었다. 이주 여성들은 자신의 언어로 자신 있게 말하기만 하면 될 뿐이었다. 그럼, 제니가 마인드베이스 기능을 통해 이들의 언어를 잇고 또 이었다.

얼굴에 묘한 흥분을 감추지 못하는 엄마와 달리 여자들이 집에서 모이는 횟수가 잦아질수록 나는 손톱을 씹었다. 엄마가 첫 번째 집의 여자 일을 해결하겠다고 나서면 나설수록 내가 알 수 없는 그 무엇이 나와 엄마 앞에 떡하니 나타날 것만 같았다.

어느 날은 이들이 집에서 썰물처럼 빠져나간 뒤 바로 안방 문을 벌컥 열고 들어갔다. 열기가 남아 있는 안방 바닥에는 종이 세 장이 덩그러니 남겨져 있었다. 한 장은 이주 여성 진술권 보장을 위한 제니 상시 동행 청원서였다. 다른 한 장은 집회할 때 쓰는 구호 같았다. 나머지 한 장은 이장 후보자 등록 신청서였다. 후보자 등록 칸에는 정응우옌이라고 적혀 있었다.

종이 세 장을 던져버리고는 집 밖으로 뛰쳐나갔다. 전화를 걸었으나 엄마는 받지 않았다. 먼저 행정복지센터로 달려갔다. 센터장은 내게 설문지 수거가 끝났냐고 물었다. 나는 숨을 헐떡이며 엄마를 봤냐고 되물었고 그는 어리둥절한 표정으로 여기에 오지는 않았다고 했다. 그다음에는 마을회관으로 갔으나 거기에도 엄마와 여자들은 없었다. 잠시 숨을 돌리며 머리를 굴렸다.

엄마와 여자들은 시위하기 위해 군청이나 경찰서로 갔을까. 거기로 가기 전에 청원서에 서명을 받으러 마을을 돌고 있을까.

이런저런 상상에 휩싸인 채 마을의 동쪽부터 다시 살피는데 엄마와 여자들이 첫 번째 집 대문 밖에서 서성이는 게 보였다. 그 뒤로 여자들을 따라다니는 여덟 대의 제니가 쪼르르 일렬로 정렬해 있었다. 제니들은 나를 보자 또 보네요, 하며 밝게 웃었다.

가까이 다가가자 대문 바로 앞에 아빠와 마을 집행부 간부들이 버티고 서 있는 게 보였다. 밀짚모자를 쓴 이들은 손에 농기구를 들고 있었다.

"도대체 몇 번을 말해. 안 된다고."

손으로 허리를 짚고 서 있는 아빠가 말했다.

"무슨 권리로 우릴 막는 겁니까."

"당신은 이 집에 들어갈 권리가 있고?"

어느 한 여자가 말했고 아빠가 맞받아쳤다.

"랑이 스카프만 가지고 나온다니깐."

엄마가 소리쳤다.

"안 된다고."

아빠의 목소리는 더 컸다.

"바쁜 시기에 여자들끼리 몰려다니면서 뭣들 하는 거야. 우리가 처리할 거니깐 가만히 있으라고 했잖아."

아빠는 삽을 돌바닥에 찍으면서 말했다. 일순간 정적이 흘렀다. 그러다 누군가 말했다.

"밀어."

"밀자."

"그래. 밀자."

두 손을 가슴에 모은 여자들은 어깨를 밀착한 채 아빠와 집행부를 대문 안쪽으로 밀기 시작했다. 이들은 으쌰으쌰를 외쳤고 이장인 아빠는 어어 이러다 다쳐, 하고 소리를 질렀다. 여자들의 머릿수는 여덟 명으로 남자들의 두 배였다. 대문에서는 활시위가 팽팽한 상태를 유지하고 있을 때와 비슷한 소리가 났다. 당장이라도 무너질 것만 같아 나는 눈을 감았다.

"진짜 다친다고!"

아빠의 목소리가 갈라지는 순간 우지끈 소리가 나면서 문이 열렸다. 엄마와 아빠, 여자와 집행부들은 서로 뒤엉킨 채 다 같이 대문 안쪽으로 넘어졌다. 여기저기서 신음이 새어 나왔다. 나는 팔과 다리를 경중경중 뛰어넘어 마당 안쪽으로 들어갔다. 제일 위에 포개진 사람부터 일으켜 세웠다.

고통이 불러온 침묵도 잠시. 몸을 추스른 이들은 첫 번째 집의 마당에서 서로에게 삿대질하며 목소리를 높였다.

크게 다친 사람이 없는 걸 확인하자 다리에 힘이 풀려 바닥에 털썩 주저앉았다. 두 손으로 무릎을 감싸는데 마당 저 안쪽에서 무언가가 우리 쪽을 가만 지켜보고 있는 기분이 들었다. 빨간 불빛이 반짝여서 돌아보니 이 집의 제니였다.

화면에는 금이 가고 몸통에는 흙먼지가 쌓인 제니는 모터가 헛도는 소리를 냈다. 그러다 이 제니는 바퀴에서 연기를 내며 참깨 대가 펼쳐져 있는 쪽빛 장막 주위를 빙글빙글 돌기 시작했다. 바짝 마른 참깨 대가 갈리고 또 날리면서 먼지바람이 소용돌이쳤다. 엄마와 아빠를 비롯한 나머지 사람들은 말하는 걸 멈추고 이 집의 제니 쪽으로 시선을 돌렸다. 그러자 여자들을 따라온 여덟 대의 제니가 장막 둘레로 질서 있게 한 대씩 들어갔다. 제니의 화면에서는 빨간 픽셀이 깜박였다. 모두 아홉

대의 제니가 원을 그리며 빠르게 돌았다. 이들의 바퀴자국을 따라 흙바닥이 파였다. 흙바닥이 손가락 두 마디 정도 깊이로 파인 뒤에야 제니들은 서서히 멈췄다. 제니 간 간격은 일정했고 안쪽 장막은 나지막한 봉분처럼 솟아올랐다.

"저기네."

한 여자가 손으로 입을 가린 채 말했다. 이 여자는 푸른색 장막을 걷어 낸 뒤 땅에 떨어져 있는 곡괭이를 집어 들었다. 곡괭이가 봉분 가운데에 냅다 꽂히자 다른 여자들은 흩어져 있는 삽을 들고 땅을 파기 시작했다. 아빠와 마을 집행부는 이 집 창고에서 사용할 수 있는 농기구를 꺼내 여자들을 거들었다.

땅을 팔뚝 깊이만큼 파자 사람의 손이 보였다. 썩어가는 손의 손가락 관절은 굽어 있었고 조금 남은 표피에는 주름이 자글자글했다. 그 주변을 더 파자 이마가 깨져서 얼굴을 알아보기 힘든 할머니가 흙을 덮고 누워 있었다. 할머니의 옆에는 휴대 전화가 두 대 있었다.

경찰이 디지털포렌식을 통해 휴대 전화 두 대를 분석한 결과, 할머니의 아들은 할머니에게 논 열 마지기를 당장 상속해 주지 않으면 죽여버리겠다는 문자를 여러 차례 보냈다. 이 문자에는 아주 다양한 욕이 곁들어져 있었다. 할머니 휴대 전화에는 아들과의 통화를 녹음한 파일도 있었다. 엄마는 통화 내용까지는 차마 내게 말해주지 않았다.

첫 번째 집 남자의 행방은 여전히 찾을 수 없었으나 여자는 증거 불충분으로 풀려났다. 장도리에는 여자 지문뿐 아니라 여자의 남편 지문 역시 찍혀 있었다. 할머니를 누가 죽였는지 확인할 수는 없으나 살해 동기는 남자에게 있다고 보는 게 합리적이란 것이 재판부의 설명이었다.

랑은 구치소를 나온 뒤 우리 집에 제일 먼저 와 엄마를 안았다. 랑은 시엄마와 남편이 사라진 이 마을에서 자신이 어떻게 계속 살아갈 수 있겠냐며 엄마의 품에 안겨 울었다. 엄마는 랑의 등을 토닥이며 다 방법이 있으니 걱정하지 말고 일단은 마음을 추스르라고 하고는 돌려보냈다.

엄마는 랑의 시엄마 장례식 준비를 도맡았다. 장소는 랑의 시엄마가 묻혀 있던 마당에서 하기로 했다. 기간은 삼일장으로 정했다. 장례식장 음식은 마을 여자들이 함께 준비했다. 엄마는 제니를 통해 여자들에게 역할을 분배했으며 일사불란하게 이들을 통솔했다. 향초 준비하랴, 국화 주문하랴 덩달아 나도 바빠졌는데 그래도 엄마에게 별다른 일이 생기지 않고 랑의 시엄마 살인 사건이 마무리되는 거 같아 기분은 나쁘지 않았다.

이런 엄마를 보는 아빠는 냉수를 사기그릇에 담아 벌컥벌컥

마시고는 식탁에 던지듯 놓았다. 아빠는 지나가는 제니를 보면 발로 툭툭 찼다. 문은 쾅 닫았고 밥상이 제때 차려져 있지 않으면 할 일은 하고 하는 거냐고 엄마에게 핀잔을 줬다. 아빠가 성이 난 이유는 군청에서 이번 사건을 해결한 사람으로 엄마를 꼽고 있기 때문이 아닐까, 하고 추측만 할 수 있었다.

엄마는 아빠를 되도록 상대하지 않으려 하다가도 가끔은 성을 참지 못했다. 다은이 어렸을 때 할머니가 해준 걸 생각하면 그게 할 소리냐고 응수했다. 엄마와 아빠의 말은 점점 격해졌고 제니는 휴식 모드에 들어갔다. 나는 마지막 설문지를 수거하기 위해 집을 나왔다.

스무 번째 집에서는 마을에서 가장 낯선 냄새가 났다. 여자는 고향에서 만드는 방식이라며 치즈와 요구르트를 직접 만들고 있었다. 발효기 다섯 대에서는 시큼하면서도 고릿한 냄새가 피어올랐다. 나는 킁킁 냄새를 맡고는 손가락을 코에 찔러 넣었다.

"뭘 이렇게 많이 만들어요? 동네 사람들 다 주려고요?"

코맹맹이 소리로 말했다. 여자는 빵에다가 방금 만든 치즈를 바르며 내게 건넸다.

"맞아."

여자의 말대로였다. 장례식장이 차려진 첫 번째 집에는 온갖 나라의 음식들이 마당 한쪽을 가득 덮을 만큼 준비되어 있었다. 채소와 두부를 소로 쓴 만두를 요구르트에 찍어 먹는 요리부터 피시소스를 뿌린 샐러드, 고수가 가득 올라간 쌀국수, 코코넛이 들어간 채소 수프가 넓적한 솥에 가득 담겨 있었다. 빨간색 수프 옆에 있는 밥은 차지지 않고 성기었고, 그 옆에는 바게트에 고기와 채소를 끼운 샌드위치가 피라미드 모양으로 쌓여 있었다.

"니미럴 뭔지 모르지만 맛있구먼."

고동색 지팡이를 평상에 놓은 할머니는 철판에 구운 얇은 빵에 채소를 싸서 입에 쏙 넣고는 우적우적 씹었다.

"다 좋은디 그래도 쇠주는 갖다 놔야 안 쓰겄냐."

할머니는 앞치마를 두른 제니의 화면을 지팡이로 통통 치면서 선반에 오천 원을 올렸다. 제니 옆에 있던 마을 여자는 차가운 소주병 밑동을 팔꿈치로 통통 치며 할머니에게 가져다줬다. 이런 광경을 바라보며 익숙하면서 낯선 음식들을 쉬지 않고 먹었다.

조문객은 끊이지 않았다. 오랜만에 집에서 열리는 장례식이어서 그런지 마을 사람들 대부분이 찾아왔다. 사건이 TV를 탄지라 이웃 마을 주민들도 조문을 왔다. 아이들은 마당과 논 사이의 길에서 제니에게 짚을 씌우며 뛰어놀았다. 이주 여성들은 일을 나눠서 했다. 랑은 상주로서 조문객을 맞이했고 엄마는 빈 테이블로 사람들을 안내했다.

아빠는 군청에서 일하는 사람들과 함께 장례식장을 찾았다. 아빠는 할머니의 관과 상주 앞에서 한동안 움직이지 않았다. 그러다 저기 앉으라는 엄마의 안내를 받고 자리를 잡은 아빠는 군청에서 일하는 사람들과 소주를 마셨다. 군청 사람들은 장례식장을 찾은 손님을 맞이하는 엄마를 슬쩍슬쩍 쳐다봤다. 아빠는 만두를 요구르트에 찍어 한 입 베어 먹더니 오만상을 지었다. 아빠는 나무젓가락을 참깨 대가 널려 있던 마당으로 던졌다.

"다은 엄마, 여기 먹을 수 있는 것 좀 줘."

아빠의 목소리는 컸다.

"먹을 게 천지인데."

엄마는 국자를 내려놓으며 말했다. 난 눈을 감고 고개를 돌렸다. 아빠는 손님들 생각해서 장례식장에 어울리는 음식을 준비해야 하는 거 아니냐면서 일어섰다. 엄마는 앞치마를 벗어 던지면서 밥 있고 국 있고 볶음 있으면 다 먹을 수 있지 뭘 그렇게 까탈스럽게 구느냐고 더 목소리를 높였다. 난 손으로 귀를 가렸지만, 소리가 차단되지는 않았다. 아빠는 마을 이장이 왔는데 대접이 이게 뭐냐면서 마당에 깔린 탁자 하나를 발로 차서 뒤집었다. 그는 군청 사람들을 데리고 밖으로 나가려 했다.

"나도 나가."

엄마가 소리쳤다. 조문객들이 엄마를 쳐다봤다.

"나도 선거 나간다고."

엄마는 안주머니에서 가로로 한 번, 세로로 한 번 접은 종이를 펴더니 말했다.

"후보 등록할 거야. 우리도 다 할 수 있어."

엄마는 지방선거 후보자 등록 일정을 외면서 더는 선거권을 당신한테 맡기지 않을 거라고 했다. 제니는 서빙을 멈추고 엄마의 감정을 여자들에게 연결했다. 이들은 가슴 안주머니에 손을 넣어 가로로 한 번, 세로로 한 번 접은 후보자 등록 신청서를 꺼내 펼쳤다.

얼굴이 시뻘게진 아빠는 주변을 분주히 살피다가 벽에 기대져 있는 모삽을 집어 들었다.

"다 이놈들 때문이지."

아빠는 삽을 휘둘렀고 엄마는 눈을 가렸다. 모삽의 각진 모서리가 마법 지팡이를 뿔처럼 붙인 제니의 얼굴에 찍혔다. 불빛이 일었다. 아이들은 비명을 질렀다. 부러진 마법 지팡이는 하늘을 날더니 쌀국수 안으로 빠졌다. 제니는 휘청이더니 가까스로 균형을 잡았다.

"…재산을 훼손하고 있습니다. 그만두십시오."

제니의 화면에서는 빨간색과 녹색 픽셀이 마구 점멸했다. 군청 사람들은 아빠의 어깨를 잡으며 말리려 했다. 아빠는 그들을 뿌리치더니 모삽의 손잡이를 오른손으로 잡아 들고 쇠 날이 밑으로 향하게 한 뒤 제니를 내리찍었다.

"그만두십… 경고…."

그는 두세 번 더 휘두르고 찍기를 반복했다. 제니의 몸통은 찌그러졌고 전선은 튀어나왔다. 목은 부러졌고 몸통 덮개 역할을 하는 선반은 반으로 갈라졌다. 더는 말을 하지 못하는 제니는 불꽃을 튀기며 쓰러졌다. 선반이 갈라지면서 몸통 안에 있던 은색 구체가 튀어나왔다. 이 구체는 흙바닥에 두 번 콩콩 튀더니 때구루루 굴러 모삽이 세워져 있던 벽에 부딪혔다. 여자아이가 재빨리 은색 구체를 들어 올리더니 자신의 상의 안에 넣었다.

엄마는 소리를 지르며 계속 말을 했지만, 제니들은 이 말을 다른 여자들에게 연결하지 않았다. 흥분을 가라앉히지 못하고 씩씩거리는 아빠는 삽을 던지고는 장례식장을 떠났다. 할머니는 쌀국수에서 부러진 마법 지팡이를 건지면서 아빠의 등 뒤에 대고 저 새끼 내 언젠가 저럴 줄… 이라고 욕을 했다.

봄볕이 창가로 쏟아지는 어느 날 TV에서는 제니 만족도 조사 결과 뉴스가 나오고 있었다.

남색 정장을 입은 기자는 정부에서 전국 농촌의 다문화 가정 2,000가구에 제니를 공급한 뒤 만족도를 조사한 결과, 10점 만점에 4.4점이 나왔다고 말했다. 기자는 제니 사용자의 만족도가 높지 않은 배경으로 다양한 언어를 연결하는 기능이 오히려 한국어 학습 동기를 저해한 점과 부족한 적재 중량을 꼽았다.

그는 일부 지역에서는 제니가 본래 목적 이외에 살인 방조와 사전 선거운동으로 사용되는 위법 사항이 적발되었다고 또박또박 말했다. 기자는 이어 제니를 통해 이용자 정보를 분석한 결과 법을 어긴 세력은 주로 이주 여성들로 구성되어 있었으며 이 중 일부는 사법 절차가 진행 중이라고 덧붙였다. 이러한 불법 사항이 재발하지 않도록 마인드베이스 기능은 없애고, 말하기는 한국어로 제한하며, 화물 적재 중량은 늘린 제니2를 다문화 가정에 공급하겠다는 정부 당국자의 브리핑이 이어졌다. 기자 뒤로는 줄지어 늘어선 제니 수백 대가 창고로 들어가고 있었다.

행정복지센터에는 제니2 만족도 설문 조사를 진행하는 아르바이트 공고가 올라왔다. 센터장은 내게 이번에도 맡아달라고 했지만, 난 손사래를 쳤다.

창고에 들어가 주황빛 백열등을 켜고 푸르스름한 장막 천을 걸었다. 불을 끄고 여자아이에게서 받아 온 은색 구체의 삼각형 모양 홈에 태블릿을 연결했다. 어둠 속에서 녹색 픽셀이 깜박였다. 그 불빛을 가만히 들여다봤다.

"넌 뭐였니?"

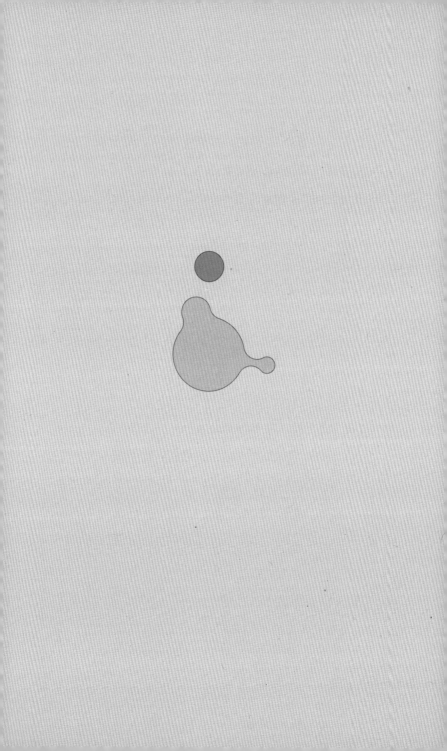

뜨거운 밤과 차가운 낮

'작가의 말'을 쓰는 순간을 늘 상상했으나 막상 노트북을 여니 할 말이 없다.

쓰고 지우기를 반복했다. 글은 거창했다가 오묘하게 심오해졌다가 감상 나열식으로 변했고 결국에는 횡설수설하길래 노트북을 닫아버렸다. 컵을 만지작거리며 스마트폰을 뒤적였다. 괜스러운 목마름에 음료만 축냈다. 카페 탁자에 노트북만 덩그러니 두고 주변 눈치를 보며 화장실을 들락거렸다.

그렇게 바라던 순간이건만 왜 써지지 않는 걸까. 턱을 괸 채 진도가 나가지 않는 이유에 대해 생각했지만, 답은 쉽게 나오지 않았다. 실패와 좌절의 글쓰기에서 쌓인 내상 때문인지 나를 관조하는 게 부끄러운 탓인지 아니면 그냥 내가 글을 못 쓰는 인간인지 구분하기 어려웠다.

탁자를 치며 노트북을 다시 열다가 컵이 넘어졌다. 얼음은 탁자를 굴렀고 액체는 바닥으로 주르륵 흘렀다. 나는 두 손으로 노트북을 번쩍 들었다. 찐득한 음료가 묻고 있는 내 가방은 옆자리에 앉은 모르는 사람이 치워줬다. 직원분은 서둘러 내 곁에 와 마른걸레로 탁자와 바닥을 정성스레 닦았다. 묻은 음료가 뚝뚝 떨어지는 노트북을 어깨높이에 든 채로 이들에게 어색한 눈인사를 건넸다. 이렇게 또 타인의 도움으로 하루를 살아가고 있구나.

소설집은 나 아닌 존재의 도움 없이는 나올 수 없었다.

차가운 시멘트 바닥에 옹기종기 모여 그들의 이야기를 들려준 동지들은 내 글의 토대나 다름없다. 동지들은 내 안에 깊이 녹아 있는 비열한 면모를 마주하게 해줬다. 나 자신을 돌아보는 계기가 없었다면 글을 쓸 용기를 얻지 못했을 것이다.

억울하고 분해서 잠 못 이룬 뜨거운 밤과, 눈이 시리도록 운 차가운 낮은 내 일부를 이뤘다. 이런 날들이 있었기에 흐르는 시간을 가슴에 담을 수 있었다.

넓은 가슴으로 거친 글을 품어준 이들은 나를 구덩이에서

건져 올렸다. 구렁은 겉이 매끈매끈한 삽으로 흙을 떠서 메우고 있다. 덮다 보면 어느새 또 깊어지지만, 포기하지 않을 힘을 사랑하는 존재들에게서 얻고 있다.

초고를 꼼꼼히 읽어준 박소연 편집자님과 허블 편집팀은 함께 호흡하고 고민해 줬다. 한글 파일의 메모가 이렇게 따뜻할 수 있다는 건 처음 알았다. 내 온 마음을 다해 고마움을 전한다.

따스한 말에서 개화한 문자. 온기를 가진 문장과 차갑고 통쾌한 묘사. 이것이 독자에게 닿아 아주 미약한 울림이라도 줄 수 있기를 간절히 바란다. 그러기 위해서는 타인 못지않게 나를 아끼고 사랑해야 한다는 걸 조금씩 깨닫고 있다.

소설을 계속 쓸 수 있기를 바라며.

2024년 가을
최이아

이윽고
언어가
사라졌다

초판 1쇄 찍은날 2024년 10월 7일
초판 1쇄 펴낸날 2024년 10월 23일

지은이 최이아
펴낸이 한성봉
편집 김학제·안태운·박소연
콘텐츠제작 안상준
디자인 최세정
마케팅 박신용·오주형·박민지·이예지
경영지원 국지연·송인경
펴낸곳 허블
등록 2017년 4월 24일 제2017-000050호
주소 서울시 중구 필동로8길 73 [예장동 1-42]
동아시아빌딩
페이스북 www.facebook.com/dongasiabooks
인스타그램 www.instagram.com/dongasiabook
트위터 twitter.com/in_hubble
홈페이지 hubble.page
전자우편 dongasiabook@naver.com
블로그 blog.naver.com/dongasiabook
전화 02) 757-9724, 5
팩스 02) 757-9726

ISBN 979-11-93078-31-0 03810

※ 허블은 동아시아 출판사의 문학 브랜드입니다.
※ 잘못된 책은 구입하신 서점에서 바꿔드립니다.

만든 사람들
책임편집 박소연
크로스교열 안상준
디자인 곰곰사무소